スコ
ハルコ
タイガ
MOTOEIYUUWA
HEIMINTOSHITE
KURASHITAI
JN101897

元英
平民て
暮らい
motoeiyuuwa heimintoshite ku
勇者パーティを理不尽に追い出された俺。
これを機に田舎で暮らし始めたけど、周りが
俺をほっといてくれない

元英雄は平民として暮らしたい

勇者パーティを理不尽に追い出された俺。
これを機に田舎で暮らし始めたけど、周りが俺をほっといてくれない

2

元英雄は平民として

motoeiyuuwa heimintoshite kurashitai

あらすじ

魔王を倒し真の英雄となったジューダスは、彼を妬む国王の息子・グスカスのたくらみによって追放された。田舎でのスローライフに憧れていたジューダスは、これを機に辺境の地で喫茶店を開き、のんびりとした暮らしを始める。

だがジューダスの実力を知り、彼を慕う冒険者や他国の姫たちが次々と彼のもとに現れて、復帰を迫る。さらに喫茶店のバイトの女の子のハナコと、元勇者パーティのメンバーだった賢者のキャスコが、ジューダスに熱烈アタック。平穏な日々を望むジューダスなのだが、いろいろと厄介ごとに巻き込まれていくのだった。

一方、ジューダスを追放したグスカスには悲惨な出来事が次々と起こってくる……。

暮らしたい

登場人物紹介

ジューダス（ジュード）――魔王を倒した英雄だったが、グスカスの陰謀で追放され、田舎で喫茶店を経営する。
ハルコ――ジュードの喫茶店を手伝う田舎娘。巨乳。
キャスコ――ジュードと同じパーティのメンバーの魔術師。ジュードを慕って後を追う。
タイガ――雷獣の少女。ジュードに保護され、ハルコとジュードに育てられることになる。
グスカス――ジュードを追放した勇者だったが、自分も追放される。
雫――グスカスを慕って付き従う鬼族の娘。しかしその実態は…。
ボブ――13歳の小柄な少年（？）だが、強力なチート力を持つ。

目次

1話　英雄、バイト少女たちと初日の出を見る

王都での騒動を終え、俺は我が家へと帰ってきた。
今日は一月一日。
カレンダー的には【ノアの日】。俗に言う正月である。
俺は正月最初の朝日を見るために、店の女の子たちとともに、屋根の上にいた。
時刻は六時を少し過ぎ。この時季では朝でもまだまだ暗い。
辺りが見えない、そして寒いなか、俺たちは日が出るのを待っていた。
「おとーしゃーん。おとーしゃんっ」
くいくい、と俺の袖を引っ張るのは、金髪の幼女だ。
ぴんっ、と立った猫耳に猫尻尾も、髪の毛と同じ、オレンジがかった金色。
大きく、くりくりとした目が特徴的なこの子は、名前をタイガという。
「どうした、タイガ?」
タイガはふよふよと空を飛んで、俺の胸に抱きつく。

この子は普通の女の子じゃない。雷獣と呼ばれる、最強種族のモンスターの化身なのだ。

俺は森のなかで偶然この子と出会い、自分の養子として育てている。

「みんなさむいなか、どーしてお外にいるのー？」

ぶるる、とタイガが身震いする。

俺は自分が身につけていたマフラーを、タイガの首に巻いてやる。

「それはなタイガ。初日の出を見るためだよ」

「初日の出ってなぁにー？」

はて、と首をかしげるタイガ。そういえばこの子、生まれたばかりだったな。

「一年の最初の日の出を見ることだぞ。縁起が良いって言われてるんだ」

「ほぅ。えんぎが。でもなんで縁起が良いのー？」

「そういえば改めて言われると……わからんな」

俺が答えに困っていたそのときだ。

隣に立っていた、小柄な少女が、タイガに微笑《ほほえ》みながら言う。

「……光の女神ノアさまが、この世界にやってきて、太陽を作ったのが今日なんです」

よどみなく、その少女が説明する。

特徴的なのは、雪のように美しく、ふわふわとした髪の毛だ。

背はやや低め。目は灰色。体は細く、愁いを帯びた表情もあいまって、儚げな印象を与える。

彼女の名前はキャスコという。

「……つまり今日は、太陽の誕生日とも言えるのです。だから縁起が良いとされてます」

「ほう！　誕生日ですか！　なら縁起が良いですな！」

タイガがなるほど！　と納得する。

「だって、おとーしゃん！」

「なるほど。勉強になるなー」

「ねー、勉強になる！　さすがキャスちゃん、かしこいですねっ！」

タイガがにこーっと笑って言う。

キャスコは上品に微笑んだ。

「そりゃ賢いに決まってるだろ。なにせキャスコは賢者さまだからな」

それは頭が良いことの比喩ではなく、キャスコの職業《ジョブ》は、【賢者】なのだ。

かつて俺は、魔王を倒した勇者パーティにいた。

彼女はそこで、【賢者】として、その冴え渡る頭脳と魔法の腕で、パーティーメンバーを支えていたのだ。知識量じゃ誰にも負けないのである。

「キャスちゃん……かしこい子！」

「な、賢い子なんだよ」

「……もう、からかわないでくださいよ」

くすくすと、楽しげに笑うキャスコ。タイガも笑っていたのだが、

「へくちゅんっ！」

と大きくくしゃみをする。

「タイガ、寒いのか？」

「うう……ちょっと寒いかもー」

と、ちょうどそのときだった。

「タイガちゃーん」

ほわほわ、とした声が、屋根の下から聞こえてきた。タイガの耳が、ぴーんと立つ。

「その声は……ハルちゃーん！」

タイガが屋根の下を見やる。

ふぅふぅ、と息を切らしながら、一人の少女が、屋根を上ってくるではないか。

ちょっと太めの眉と、大きくて愛らしい瞳。ぱっちりとした二重が実に可愛《かわい》らしい。

濃い桜色をした、長めの髪を、腰の辺りまで伸ばしている。

この子はハルコ。俺の店で働いている、バイトの女の子だ。

「ハルちゃん、どこいってたの？　あたちまちくたびれたんですけどっ！」

タイガが俺の胸から離れ、ふよふよと、ハルコのそばまで行く。

「ごめんごめん。おらちょっと、タイガちゃんのために、いい物を作ってたんだに」

「いい物！　なんでしょうっ？」

タイガが目を、キラキラと輝かせる。ハルコは【ステェタスの窓】を開く。

これは、この世界に生きる人間なら、みな開くことのできる不思議な窓だ。

ここには自分の能力値だけじゃなく、さまざまな便利な機能がついている。

その機能の一つ、【インベントリ】のなかから、ハルコはマグカップを取り出す。

カップからは湯気が出ていた。インベントリのなかは、時間が止まっているので、温かい物は温かいママなのだ。

「じゃーん。スープだよ～。タイガちゃんが寒いかなーって思って、作ってきたんだに」

「おー♡　スープだぁ……！　ハルちゃんナイス！　大好きー！」

タイガがハルコの腰に、きゅっと抱きつく。

「こらこらタイガ。ハルちゃんがスープをこぼしちゃうだろ」

「はっ！　そーでしたっ！　ごめんなしゃい！」

ぺこっと頭を下げるタイガ。ハルコは笑って「大丈夫だよ～」と言う。

「それよりハイこれ。温かい内に召し上がれ♡」

「うんっ！　ハルちゃんありがとー！　いただきまーす！」

タイガがスープを、こくこくと飲む。

ハルコは俺とキャスコの元へ来ると、【インベントリ】から同じ物を取り出して、俺たちに渡す。

「ありがとな、ハルちゃん」

「…………………」

ハルコがちらちら、と俺を見上げる。どことなくすねているようだった。

「どうしたの？」

「……ジュードさん。この前は、ハルコ、って呼んでくれましたよね？」

この前、とは昨年末に王都で行われた、降臨祭のことだろう。

あのとき、ハルコたちの泊まっているホテルが、モンスターの襲撃にあった。

そのとき俺は、ハルコのことを……ハルコと呼び捨てで叫んでしまったのだ。

「あのときみたいに、ハルコって呼んで欲しいなー……なんて、だ、だめですか？」

じっ、とハルコが俺を見上げてくる。不安げに眉を八の字にしている。

ふぅむ……呼び捨てか。

「あ、や、やっぱり今まで通りでいいですっ！」

顔を真っ赤にして、ぶんぶん！　と首を振るハルコ。

「……ハルちゃんっ。もうっ。何をへたっているのですかっ」

キャスコが目尻をつり上げて、ハルコを叱る。

「……攻めどきではありませんか。ぐいぐ行かないと」

「きゃ、キャスちゃー……ん。でもぉー……」

ハルコは泣き顔になって、キャスコに抱きつく。

身長的には、ハルコの方が大きい。だが年齢的には、キャスコの方が年上だ。

キャスコは若いけど、結構お姉さんなところがある。そして積極的なのだ。

「……攻めるときには攻めないといけませんよ。ほら、勇気を出してっ」

「うう……もうちょっとキャスちゃんのとこで、充電してから～……」

「……もう、仕方ありませんね」

キャスコは苦笑した後、ハルコを抱きしめて、よしよしとする。

ハッ……！　とハルコが目をむく。

「タイガちゃん隊長！　大変であります！」

「どうしたのかね、ハルちゃん隊員！」

タイガがハルコに近づく。

「キャスちゃんの体……とっても温かいです！」

「なーにー！　隊長にもだっこさせてください！」

タイガもキャスコの体に、きゅっと抱きつく。

「ほう！　これは……とっても温かいですな！　ハルちゃん隊員！」

「隊長！　しかもとってもいい匂いがします！　それに柔らかくて気持ちがいいです！」

二人がむぎゅーっ、とキャスコにくっつく。キャスコは苦笑して、二人の頭をなでる。

「お姉ちゃんだなぁ、キャスコは」

甘えん坊の妹たちと、しっかりもののお姉さんみたいな。

「……ジュードさんも、甘えていいんですよ♡」

「あいにくと場所が空いてないじゃないか」

「……二人とも、離れてください」

「『りょーかい！』」

謎のチームワークを発揮して、タイガとハルコが、ぱっと離れる。

「……はい、どうぞ♡」

「いやいや、付き合ってもないおっさんに抱きしめられても嫌なだけだろ？」

キャスコはフルフルと首を振る。

「……嫌なわけありません♡　むしろ大歓迎です、さぁ、お早く♡」

嬉々として俺を迎え入れようとするキャスコ。

「キャスコ。いいか、そんな簡単に異性に肌を触れさせちゃあだめだぜ？」

「……ジュードさんは特別です。こんな大胆な真似ができるのは、相手があなただからですよ」

少しすねたように、キャスコが言う。

ありがたいことに、俺はこの子と、そしてハルコから好意を向けられている。

俺もまた、彼女たちのことが好きだという自覚はある。

「ごめん。けどまだ付き合ってもいない女の子を抱きしめるわけにはいかないよ」

「……ジュードさんは律儀ですね。そんなところも素敵です♡」

そうこうしていると、太陽が、ぐんぐんと昇ってきた。

遠く、山の間から、燦然と輝く太陽が顔を見せる。

「ま――――ぶし――――の――――――！」

タイガが笑顔で叫ぶ。

俺も目を細めて、昇ってきた太陽を見やる。

晴れた空に、オレンジ色がよく栄える。

山に降り積もった雪が鏡となって、朝日をさらに光り輝かせている。

「タイガちゃん、お祈りしようっ。今年もいい年になりますようにって」

「ほう！　そんなことするんですかっ！　よーし！」

タイガは手を合わせて、むむむ、とうなる。

「おとーしゃんとハルちゃんとキャスちゃんに、いっぱい楽しいことがありますようにっ！」

自分の願いじゃなく、俺たちへの願いをかけているタイガ。

「俺は……タイガとハルコとキャスコ、店のみんなが元気でありますようにっと」

続いてハルコが言う。

「お店のみんなが、幸せでありますようにっ！」

最後にキャスコが上品に微笑むと、
「……ジュードとタイガちゃんとハルちゃんが、ずっと笑っていられますように」
俺たちは朝日に向かって、ペコッと頭を下げる。
その後しばらく朝日を見た後、屋根から降りる。
朝早かったので、みんなその後、昼前までぐーすか寝てしまった。
寝坊した……と思ったのだが、街のみんなも同じように、寝坊していたみたいだ。
そんな感じで、まあ、今日も田舎で、まったり楽しく生活してます。

2話　勇者グスカスは、悪夢にうなされる

ジュードが楽しく新年を迎えている、一方その頃。

彼を追放した張本人、勇者グスカスは、悪夢を見ていた。

年末に事件を起こした直後、場所は王城。謁見の間。

大勢の人たちが見守るなか、グスカスは王の前に跪いて、断罪されていた。

【グスカス。おぬしから王位継承権を剝奪の上、この城から追放する】

自分の父であり、国王でもあるグォールから、そう言い渡される。

【親父！　嘘だよなぁ！　さっきのは何かの聞き間違えだよなぁ!?　なぁあ!?】

立ち上がろうとするが、グスカスは衛兵に捕らえられ、地面に押しつけられる。

【愚かなる勇者よ。貴様のせいで王都に住まう多くの人々が危機にさらされた。度し難い行為である。罪には、罰を与えねばならぬ】

【……嫌だ】

口をついた言葉は、そんなシンプルなものだった。

【嫌だ！　嫌だぁああああああああああああああああ！】

グスカスは涙と鼻水をまき散らしながら、必死に訴える。

【ここから出て行きたくない！　俺様にふさわしい場所はここなんだよぉおお！】

グスカスは泣いて叫んだ。わんわんと、子供のように泣いた。

【……その者を、ここから追い出せ】

グォールは冷たく、グスカスにそう言い放つ。

衛兵たちが、グスカスを捕らえ、無理矢理立ち上がらせる。

【嘘だろ！　なぁ！　嘘だよなぁ……嘘だって言ってくれよぉ！】

グスカスは叫ぶが、グォールは瞑目したままだ。

【なんで俺様がこんな目に遭わないといけないんだ！　俺様は悪いことなんもしてねえだろ！】

【……もう良い。連れて行け。二度と顔を見せるな。この一族の恥さらしめ】

グォールはきびすを返し、奥へと引っ込んでいった。

【おい待てよ！　親父！】

グスカスは父の元へ駆けつけようとした。だが衛兵たちがグスカスを捕らえて、動けなくする。

【離せ！　俺様を誰だと思ってやがる!?　勇者グスカス様だぞ!?　この国の第一王子だぞ!?】

……しかしその言葉に、誰も従わなかった。

当然だ。グスカスは、もう王子でも勇者でもないのだから。

【親父！　行くなよ！　親父！　親父――――――――――！！！！】

グスカスは手を伸ばす。だが父の背中は遠のくばかりだ。

やがてグスカスの意識が暗転する。

伸ばした手が何かをつかむ前に、グスカスは暗い闇の底へと、落ちていった。

☆

はっ、とグスカスは目を覚ます。

……自分はどうやら、悪夢にうなされていたようだ。

「はぁっ！　はぁっ！　はぁー……！　はぁー…………はぁー…………」

荒い呼吸を繰り返すグスカス。半身を起こし、自分の胸に手を当てる。

どくん、どくんっ、と心臓が、体に悪いような速さで鼓動を刻んでいる。

「はぁ……はぁ……くそッ！　嫌な夢だ……」

グスカスは起き上がり、周りを見渡す。

粗末な部屋だ。天井も床も、木造で、しかもボロボロ。

壁にはひびが入っており、風が吹くたび、冷気が部屋のなかに入ってくる。

「……ちくしょう。さみぃ」

グスカスはベッドの上の毛布にくるまる。だが布は薄く、寒さを全くしのげていなかった。

それにしても寒い。まさかと思って、グスカスが窓のカーテンを引き、窓を開ける。

「……雪が降ってやがる」

そこに広がっていたのは、辺り一面の雪景色だ。

「……ちっ。なんで俺様は、こんなくそ田舎の、クソみたいなボロ宿に泊まらなきゃいけねえんだ」

グスカスがいるのは、彼がもともと住んでいたところから遠く離れた場所。

隣の国、獣人国【ネログーマ】という場所だった。

その名の通り、眼下には獣人たちが多く、行き来している。

「……外国なら顔が割れてないとはいえ、こんな畜生どもの住処で暮らさなきゃいけないなんて、罰ゲームにもほどがあるだろ」

街に降り積もる雪を見て、グスカスはため息をついた、そのときだ。

「ただいま帰りました、グスカス様っ！」

部屋に入ってきたのは、褐色の肌をした少女だ。

特徴的なのは、額から生える角。

「おっせーぞ【雫《しずく》】！　何やってんだよ！」

彼女は鬼族の少女・雫。

地位も名誉も失い、王都を追放された後も、自分についてきた奴隷の少女である。

「申し訳ありませんグスカス様。お仕事が長引いちゃいまして。けど今日はたっくさんお金をもらえましたよっ。えっへん！」

愛しい人に褒めてもらいたい笑みを浮かべながら、雫が言う。

「だからなんだ。昼前には帰るって言ったのに。遅れてすいませんだろうが」

「す、すみません！　遅れてすみません……！」

雫がペコペコと頭を下げる。

「ったく、謝るのもおせーっつの。帰りもおせーし」

ぶつぶつと文句を言うグスカスに対し、雫は笑顔を保ったままだ。

「おい雫。何ぼさっとしてんだよ。さっさと昼飯作れよ」

「わかりました！　超特急で作ります！」

ほどなくして、雫は昼食にパスタを作り、グスカスの前に出す。

「ちっ……！　しけたパスタだ。具がほとんどねえじゃねえか」

「すみません……まだお金に余裕がなくて節約しないと……でもでもっ、その代わりに愛情をたっぷりに入れておきましたから！」

えへへっ、と雫は無邪気に笑ってみせる。

「ば、バカなこと言ってんじゃあねえよ……ったく。バカだなおまえ……」

そう言いつつも、グスカスは顔を赤らめながら、パスタをつつく。

グスカスはこの少女を、憎からず思っていた。

すべてがグスカスを見捨て、否定するなか、唯一自分を肯定してくれる唯一の存在だから。

「し、雫……おめーガリガリなんだから。ほら、俺の分も食えよ」

グスカスが雫に、パスタの入った皿を向けてくる。

「いいえっ！　グスカス様がたくさん食べてください！」

「う、うるせえ。俺様が食えって言ってんだから食え。それ以上余計なこと言うなバカが」

「ありがとうございます！　グスカス様に大事してもらえて……うれしいです！」

「ば、バカが……さっさと食え」

昼食後、二人はテーブルをはさんでお茶を飲んでいた。

「グスカス様。じゃあ、そろそろ次の仕事へ行ってきますね」

立ち上がる雫の手を、グスカスがつかんで引き寄せる。

心に一点の陰りもない、無垢なる少女のように、雫が小首をかしげる。

「その……なんだ。もう少しこうしてろ」

そっぽを向きながらグスカスが言う。

「えへへっ♡　じゃあもう少しだけっ♡」

雫はニコニコした笑みを浮かべながら、グスカスの腕にぎゅーっとしがみつく。

「その……雫よ。前から気になってたんだが……おまえの仕事って、何なんだ？」

グスカスが追放されてから今日まで、彼は一切働こうとしなかった。

その代わりに、雫が日中働いている。

だが今日まで彼女が何をして金を稼いでいるのか知らなかった。

「娼婦ですよ」

雫が何気なくそう答えると、グスカスが目をむいて叫ぶ。

「はっ、はぁあああ？　おまっ……おまえ今なんつった！」

グスカスが怒気をあらわにする。

「だから娼婦ですよ」

「娼婦って……おいおまえ！　よそで俺以外の男に抱かれて金をもらってんのかよ！　恥ずかしくねえのかよ！　そんな仕事してよぉ！」

グスカスが声を荒げる。一方で、困惑しながら雫が答える。

「でも……職業《ジョブ》も技能《スキル》もない女が、働こうと思ったら、体を売るくらいしかできませんよ？」

グスカスは子供のようにだんだんっ！　と壁を叩く。

「うるせえ！　もう娼婦は辞めろ！　いいなっ！」

グスカスが顔を真っ赤にしながら、ビシッと雫に指さす。

「おまえは俺様の女だ！　俺以外の男に抱かれるな！」

つまりこの元勇者は、雫を独占したいのである。

もう自分には雫しかいない。その女を、他の男に抱かせるなんて言語道断だ。

「他に職を探せ。いいなっ!?」

「無理です。奴隷の身分なんですよ？　それに体も弱いですし……働き口なんて限られてます」

「うるせえ！　おまえは俺の言葉に従ってりゃいいんだ！　娼婦は辞めろ！」

「でも娼婦を辞めたら、明日からどうやって生活すればいいんですか？」

「……ったく、わかったよ。俺がやるしかねえのか。……しゃあねえ」

グスカスが、雫を見て、こう言ったのだ。

「俺様が、働いてやるよ！」

3話　英雄、隣国の女王たちが新年の挨拶に来る

正月から数日経ったある昼下がりのこと。喫茶店ストレイキャットにて。

ランチタイムの忙しさが過ぎ去った頃合いで、来客があった。

からんからん♪　と、ドアベルが鳴る。

「いらっしゃーい。て、玉藻《たまも》。それに、アルシェーラも」

幼女のキツネ娘と、背の高い砂漠エルフの二人組が来た。

「くふっ♡　あけましておめでとう、坊や♡」

キツネ娘は名前を玉藻という。獣人国【ネログーマ】の女王だ。

「やぁジュー君。新年おめでとう」

もう一人の美女は、アルシェーラという。こちらは隣国【フォティアトゥーヤァ】の女王様。

「おー。二人とも久しぶりだなぁ。元気にしてたかい？」

俺は二人に、窓ぎわの席をすすめる。ここは日が当たって気持ちがいいのだ。

「ここ数日は鬼のような忙しさだったよ。ひっきりなしに人が来てね」

「新年だからなぁ、しかたないさ」

「シェーラ、あんた大変ねぇ」

「玉藻も疲れたんじゃないか？」

俺が尋ねると、玉藻はニコッと笑う。

「お気遣いは無用よ、坊や♡　なにせ獣人は体力が自慢だもの」

獣人は人間よりも魔獣に体の構造が近い。ゆえに俺たちよりも遥かに頑丈なのだ。

「とはいうものの、最近は忙しかったからねぇ。坊やのところでまったり過ごしたいと思って、シェーラと予定を合わせてきたのよ♡」

「君の煎《い》れる美味しいコーヒーで一息つきたくてね。さっそくコーヒーをもらおうかな」

何を隠そうこの店は喫茶店、コーヒーを煎れるのが今の俺の主な仕事だ。

「了解だ。ちょっと待ってなー」

☆

コーヒーを煎れて、アルシェーラたちに出す。

ちなみにハルコたちはタイガを連れてお散歩に出かけている。天気がいいし客もいないからな。

「坊や♡　お姉さんたちとお茶しましょう♡」

「そうだジュー君。私たちはたまにしか来れないのだ。一緒にしゃべろうじゃあないか」

二人が俺に手招きをする。

俺は二人の前に座る。

「ところで坊や。ピリカちゃんから聞いたわよ、年末は大活躍だったみたいじゃない♡」

ピリカとは、ここゲータニィガ王国の第三王女、ミラピリカのことだ。

ピリカと、玉藻たちは仲がいいのである。

「大活躍っておいおい、そんなたいしたことしてないよ」

「ちょっと聞いた？　国を揺るがす大事件を救っておいて、たいしたことないだぁって♡」

「ああ、聞いたぞ玉藻。まったくジュー君には、いつも驚かされるよ」

ふぅ、と悩ましげに吐息をつくアルシェーラたち。

「女神の結界が壊れたなんて、大事件じゃあないか。経済的損失は測りきれないし、流入してきただろうモンスターによる人的被害もしゃれにならない」

「それをズバッと解決するんだもの♡　ほんと、坊やはすごい子ねぇ♡」

うんうん、とうなずきあう女王様たち。

「いやいや、王都の事件を解決したのは、俺一人のチカラじゃないよ」

元勇者パーティのメンバーたちや騎士団、そして賢者キャスコ。

たくさんの人たちの協力があってこそ、事件解決にいたったのだ。

「聞いたシェーラ。坊やは、強いだけじゃなくて人格まで備えてるのよ♡」

「知ってるさ。だからこそジュー君は、我がフォティアトゥーヤァに来て欲しいのだ」

アルシェーラが、にこりと笑って言う。

「ジュー君。改めて言うが、我がフォティアトゥーヤァに来てくれないかい？　君の望む地位、待遇を用意するよ」

熱っぽい視線を俺に向けながら、アルシェーラが俺の手をつかむ。

「能力を瞬時に三倍にする君の能力《アビリティ》。そしてその人望は、我が国をさらなる発展へと誘ってくれる。君は我が国に必要な人材なのだ。ぜひとも来ていただけないだろうか？」

「だーめ♡　坊やはお姉さんがもらうのよ♡　ねえ坊や」

玉藻は立ち上がると、俺の隣に座る。

「坊やがネログーマに来てくれるのなら、お姉さんが坊やのお嫁さんになってあげるわぁ♡」

俺の手を握ると、自分の胸にぐいっと押しつける。

「獣人は体力が無尽蔵なの。朝から晩までひたすらご奉仕することも可能よ♡」

口紅を引いた口を、三日月のようににぃっとつり上げる玉藻。

「玉藻。色仕掛けとは。卑怯じゃあないか」

「いいじゃあないの♡　女の体は殿方を打ち落とすための武器でしょう？　ねえうちに来てよ」

ニコニコしながら、玉藻が俺の腕をつかんでくる。

「いやぁ玉藻。それはちょっと今は無理かな……」

そう、今は他の女性にうつつを抜かしている場合じゃないのだ。

すると玉藻、そしてアルシェーラも、目をキラキラさせる。

「ねえ坊や♡　あの噂は本当なのかしら？」

「ジュー君が、ハルコ君とキャスコ君に、告白しようとしている、という情報を耳にしてね」

「ええーっと、どうかなぁ」

「ごまかしても無駄よ坊や♡」

「今の動揺した態度が、すべてを物語っているからね」

にやにやと笑うアルシェーラたち。あらら、バレてしまったか。

「しかし坊やも、ついに誰かと付き合うようになったとはねぇ」

「いや、まだ付き合っているわけじゃないよ。告白もまだだし」

「さっさと付き合いなさいよ。坊やも、あの子たちもお互いに好き合ってるんでしょう？」

バイト少女たちは、ハッキリと、俺のことが好きだと言ってくれた。

俺も、王都での件があって、二人が俺にとって大事な存在であることに気づけた。

つまり玉藻の言うとおり、両思いではある。

「何をまごついてるのよぉ、あなた」

「俺より二十も年の離れた子と付き合ったことなくて、どう返事をすればいいかわからなくてさ」

下手したら親と子くらい離れているからな。どうすりゃいいのか、さっぱりわからない。

「そんなの簡単よ♡　ね、シェーラ」

「そうだな。男らしくビシッと、付き合ってくれ。これで万事解決だ」

うんうん、とアルシェーラたちがうなずく。

「でも告白するにしても、こういうのって雰囲気が重要だろ？」

「あら、だったら坊や、お姉さんのところに遊びに来たらいいじゃない♡」

「ネログーマは若い子たちのデートスポットだ。そこで告白するのは、悪くない手だね」

隣国ネログーマは、水の大精霊ウンディーネが住んでいる関係で、水源が豊かなのだ。

水に浮かぶ街もあり、確かに綺麗だ。

「なるほど。しかしタイガがいるし外国はちょっとなぁ」

「タイガちゃんはお姉さんが面倒見てあげるわ。存分に夜のデートを楽しんできなさいな」

「そうだな……そうしてみるか」

「はい♡　決まりね♡」

楽しそうに、玉藻が笑う。

「しかし……いいのかい玉藻？」

「あら、なぁにシェーラ？」

アルシェーラが、玉藻を見下ろしながら言う。

「君はジュー君と結婚したいんじゃなかったのか？　他の女と付き合うのはいいのかい？」

するとと玉藻がケタケタと笑う。

「いいに決まってるじゃない♡　だってこの世界、重婚オッケーなのよ♡　ならみんなで暮らした方が、楽しいじゃない♡」

どうやら玉藻のなかでは、俺とハルコたち、そして自分も一緒に結婚する図式がある様子だ。

「ふむ、私も玉藻と同意見だ。大勢の方が楽しいだろうしな」

「ハーレム大歓迎よ♡　いっぱい女の子作ってみんなで爛《ただ》れた、楽しい生活を送ろうじゃない♡」

「いやいや、それはもうちょっと考えような」

まあ、何はともあれ。告白の段取りと、次の行動は決まった。

「そうなると善は急げね♡　なんなら今日来てもいいわよ？」

「いや、年末休んだからな。しばらくは休みなしだ。もうちょっとしてから、みんなでネログーマへ旅行するよ」

「そ♡　楽しみにしてるわぁ♡」

……その後玉藻たちはコーヒーを飲んで雑談をし、夕方前には帰っていった。

こうして俺は、獣人国の女王様からのお誘いを受け、近いうちに、ネログーマまで行くことになったのだった。

4話　英雄、勇者パーティが来て新年会になる

アルシェーラたちが帰ってから、数日後。

夜。喫茶ストレイキャットにて。

「「おひさしぶりでーす！」」

ワッ……！　と二人組の美少女が、店のなかに入ってきた。

「おー、遠いところお疲れさん。寒くなかったかー？」

入ってきたのは、元勇者パーティのキャリバーとオキシー。

今日は元パーティメンバーたちが、ウチに遊びに来る日なのだ。

夜遅くに来るということで、タイガはハルコと一緒に寝ている。

「ジューダス兄貴！　寒かったっす～！　温めて欲しいっす～！」

騎士のオキシーが、元気よく俺に抱きついてくる。

「おー、おまえのほっぺた超冷たいなぁ」

むにむに、とオキシーの頬を両手で包む。

「うぇへへ♡　兄貴の手、温かくて好きっす～♡」

「こ、こらオキシー……。すまない、ジューダス。ほら、離れろ」

年長者のキャリバーが、オキシーを引き離そうとする。

「いやっす。キャリー姐《ねえ》さん、自分も兄貴に抱きつきたいなら順番っすよ～」

「なっ!?　ば、バカ！　別に抱きつきたいなどとは微塵も思ってごにょごにょ……」

キャリバーは顔を赤らめてうつむく。

「……オキシー。キャリバーも、ひさしぶり」

「キャス姐さん！　会いたかったっす～！」

オキシーは俺から離れると、キャスコに抱きつく。賢者様もまた、パーティの一員なのだ。

「ほらキャリー姐さん、空いたっすよ！　ほら再会のハグっす！」

「い、いや……べつに……その……キャスコに悪いし……」

キャリバーが俺とキャスコをチラチラ見ながら言う。

「……いいんですよ。ほら、昔よくしたように」

「うう……じゅ、ジューダス？　いいか？」

「おうよ。おいでおいで」

キャリバーは何度か躊躇した後、俺の腰に抱きついてきた。

「……ジューダスの匂い、すごく落ち着くよ」

「匂いなんてするか？」

「「するするー！」」

キャスコとオキシーがうんうんとうなずく。

「ジューダス兄貴って別に香水とか付けてないのに、大人の匂いするっす！」

「そういうもんかねぇ」

自分じゃ匂いって、わからないものだからなぁ。

「……はいはい、みんな。なかの暖かいところへ行きましょう」

「「はーい！」」

☆

俺たちは窓ぎわの席へ移動。

近くにだるまストーブもあるので、かなり暖かい。

テーブルをいくつかくっつけて、その上には料理やらグラスやらが載っている。

「夜だからってことで、お酒持ってきたっすー！　でーん！」

オキシーがワインのボトルを取り出す。

「兄貴のために買ってきたっす！」

「いいのか？　高そうなワインだけど」

「もちろんっす！　ジューダス兄貴に喜んで欲しくて買ったんす！　だから飲んで欲しいっす！」

「んじゃまあ、ありがたく頂戴しようか。な、みんな」

「「えー……」」

キャリバーとキャスコが、やれやれと首を振る。

「……ジュードダス、それはないな」

「ジュードさんって、本当に乙女心を理解してないですね」

ふー、とため息をつく二人。

「いいんっす！　この人の鈍感なとこも含めて大好きっすから！」

にかっ、と快活に笑うオキシー。

俺はワインボトルを受け取る。栓抜きを探しに、カウンターへ向かう。

「やれやれ、これでよくキャスコの思いに気づけたものだよ。どうやったんだい、キャスコ？」

「あー！　それめっちゃ気になる！　ねえねえキャス姐さん、教えて欲しーっすよ！」

「……ふふっ、秘密です♡」

「いやいや、そこ一番気になってるっすから！　今日はぜってー吐かす！　ねえキャリー姐さん」

「いや……オキシー……詮索は良くないだろ」

「とか言ってめっちゃ気になってるくせに～」

わいわい、とパーティメンバー達は楽しそうにしゃべっている。

栓抜きを発見し、それを持って席へ戻る。

みんなのグラスにワインを注ぐ。

「はいじゃあ兄貴！　一言！」

「え？　えーっと……新年おめでとう。去年はほんと世話になったな。今年もよろしく。乾杯！」

「「かんぱーい！」」

グラスを突き合わせる俺たち。

「うん、確かに美味いな。ありがとなオキシー。高かっただろ？」

「値段とか気にしなくていいっすよー！　兄貴にはすっごくお世話になってるっすから！」

「いやいや、こっちこそお世話になってるよ」

「……もう、あなたってば、謙虚さは時に人に迷惑をかけますよ」

「そういうもんかい？」

「……そーゆーもんです。素直に受け取るときは受け取りましょう」

「そりゃそうか」

するとキャリバーとオキシーが、俺とキャスコを熱心に見ていた。

「姐さん見たっすか！　今のやりとり！　もはや長年連れ添ったご夫婦っすよ！」

「そ、そうだな……」

「いいんすか!?　先を越されていいんす……もごもご……」

キャリバーがオキシーの口元を、手で覆っていた。

「兄貴ー！　実はキャリー姐さんはもごもご……」

「オキシー！　それ以上言ったらそのおしゃべりな口に剣をぶっ刺すからね！」

「うひー。こわーい。兄貴助けて～」

オキシーが移動してきて、俺の隣に座り、腕にひっつく。

「兄貴～。ねえ王都へ帰ってきてくれないんすか～？　アタシさみしーっすぅ……♡」

トロンとした目で、オキシーが俺を見上げる。

「まだもなにも、俺のホームタウンはここだよ。王都には用事があるときには行くからさ」

「いやっすいやっすぅ～。帰りましょうよぅ。そばにいて欲しいっすぅ～♡」

オキシーは顔を真っ赤にしていた。これは酔っ払っているなぁ。

「そりゃあ無理な相談だ。ジューダスはパーティの裏切り者。今更王都に帰れないよ」

「そんなのかんけーねーっす！　帰ろうよぅ、帰ろうよぅ」

むぎゅーっとオキシーが俺の腕に強く抱きつく。

「こらオキシー。ジューダスが困ってるだろ。離れるんだ」

キャリバーがオキシーを引き剝がそうとする。

「嫌っす！　キャリー姐さんだって本当は兄貴に帰ってきて欲しいんすよねっ？」

「それは……まあそうだけどさ」

「ならなんで止めるんすかぁ！　アタシは……ひっく……アタシは……おトイレ」

「……私が案内してきます」

キャスコが立ち上がって、オキシーに肩を貸し、トイレへと連れて行く。

「すまない、ジューダス」

「いいや、気にしてないさ。うれしかったしな」

俺とキャリバーは、ワインをあおる。

「けど……ジューダス。本当に、帰ってこないのかい？　もう二度と？　あ、えっと……別に君を困らせるつもりは、ないんだけど……」

キャリバーがワイングラスに目を落とす。

「……本心で言えばオキシーと、同じ気持ちだ。できれば、戻ってきて欲しいよ」

「そう言ってもらえるのは、うれしいよ。けど……裏切り者である俺を、おまえやオキシーが擁護したら、おまえらに迷惑かけちゃうからな。それはできないよ」

「ジューダス……君ってヤツは……いつだってそう、優しいよね」

キャリバーは俺の隣に座り、ぽすん……と俺の肩に頭を乗せてくる。

「……キャスコが好きなんだろう？」

「まぁなぁ」

キャスコに好意を持っている話は、キャリバーには知られているらしい。

「……やめなよ。好きな子がいるのに、他の女に優しくするの」

「どうしてだ？」

「あのな……ジューダス、実は……」

と、そのときだった。

「ジューダス兄貴ぃ！　狩りに行こーぜー！」

オキシーがキャスコの肩を借りて、俺たちの元へ帰ってきた。

「狩りって……おいおいこんな時間にか？」

もう深夜になりかけていた。

「いーじゃん！　ひっさしぶりに兄貴とパーティ組んでダンジョン攻略してぇー！」

「いや、でもなぁ。せっかく久しぶりに集まって飲んでるんだし……なぁキャリバー」

するとキャリバーは、ワイングラスになみなみとワインを注ぐ。

それを一気飲みして、立ち上がる。

「おいジューダス、行くぞ、狩りに！」

ぐいっ、とキャリバーが俺の腕を引っ張って立ち上がる。

「おらぁ！　行くぞてめーらぁ！　今日は暴れるぞぅ！　うっぷんを晴らしてやるんだぁ！」

完全に酔ったキャリバーが、オキシーと一緒に外に出る。

「……私も、久しぶりにみんなと冒険したいです」

キャスコがいいなら……まあいいか。

「よっしゃ。たしか近くに、最近ダンジョンできたみたいだし、そこ行くぞ」

「「おー！」」

☆

そして、後日。

「ジュードさん、実は折り入ってお願いがあります」

「ユリア？　どうしたん？」

この街の冒険者ギルド、そこの長であるユリアが、俺の店にやってきた。

「実はですね、ダンジョン攻略をお願いしたいんです」

「ほうほう」

「最近近くにできたばかりのダンジョンで、出てくるモンスターがみな尋常じゃなく強いんです」

「え？　それこの間クリアしたけど？」

「ジュードさんにしかこんなこと頼めないってぇええ!?　クリアしちゃったんですか!?」

最近できたばかりのダンジョンって、この間キャリバーたちと片付けたものしかないからな。

「あんな高難易度のダンジョンを？」

「うん、サクッと。酔った勢いで」

「うっそぉおおおおおおおおおおお!?」

ユリアが、目玉が飛び出るんじゃないかってほど目を見開いて叫ぶ。

まあ腐っても元勇者パーティだからな。四人いればほぼどんな敵でも倒せるわけよ。

「やっぱジュードさんって……すごい人ですね」

5話　英雄、王族がお祝いに来る

キャリバーたち勇者パーティが来てから、数日後。

夕方、喫茶店に、また新たな客が来た。

カランカラン♪

「ハルちゃーん。俺食器洗ってるから、お客さんの方よろしくー」

「はーい！　えへへ～♡　なんか若奥様と旦那様みたいっ♡　なんつって、なんつって～♡」

ハルコがニコニコしながら、入り口の方へ駆け足で向かう。

「いらっしゃいまー……ええええええええええええええ!?」

どうしたんだろう？　と思って俺は顔を上げて、入り口を見やる。

「こんにちは、ジュードさん」

「うむ！　ジュードよ！　遊びに来たのじゃ！」

白皙《はくせき》の美青年と、金髪の幼女が、笑顔で立っていた。

「だ、だだだだ第二王子キース様に、第三王女ミラピリカ様だにー！」

俺は食器を洗うのをやめる。エプロンで手を拭きながら、ハルコたちの元へ向かう。

「ハルちゃん落ち着いて。深呼吸しよっか」

「そ、そうですねっ！　ひっひっふー。ひっひっふー……」

なんかそれちょっと違う気がしたが、意識して呼吸することで、ハルコの気は静まったようだ。

「ジュードさん、この女の子って……？」

「俺の友達だよ。ピリカ、うちの従業員のハルコちゃんだ」

「こ、こんにちは！」

がばっ！　とハルコが勢い良く頭を下げる。

「うむ！　よろしくなのじゃハルコよ！　ピリカと呼ぶがよい！」

「ひぇー……そんな、恐れ多いです～……」

ハルコは肩をすぼめて、緊張している。

俺は背後に回って、ハルコの肩をつかんで、もみもみする。

「ひゃっ♡」

「ハルちゃん緊張しすぎだよ。二人ともただの友達だから、仲良くしてあげてくれ」

「は、はひ……」

ハルコが顔を真っ赤にし、さらに体を硬くしている。

「ありゃ？　どうしたの、緊張して」

「ハルコさんが緊張しているのは、好きな異性に触れられているからだと思いますよ」

「え、そうなの?」

ぶんぶん！　とハルコが大きくうなずく。

「おっと、こいつは失礼。すまない」

パッ、と俺はハルコから離れる。

「い、いえ……むしろご褒美だにぃ〜♡」

えへへ〜♡　とハルコが笑う。

「ところで二人とも、急に遊びに来るなんてどうしたんだ?」

「うむ！　今日はおぬしに結婚のお祝いを持ってきたのじゃ！」

ピリカがパンパン！　と手を叩く。

店のドアが開き、騎士たちがぞろぞろ入ってきた。その手には大量の荷物。

「「へ?　結婚?」」

俺もハルコも、目を丸くする。

「オキシーから聞いたのじゃ。ジュード……それに、ハルコ。結婚おめでとう！」

ピリカが俺たちに笑顔を向ける。

「いやいや、気が早いって……付き合ってすらいないよ、ね、ハルちゃん。……ハルちゃん?」

ハルコは両手を頬に添えて、くねくねと体をひねっていた。

「子供は五人欲しい？　もぉー……♡　わかりましたっ、おら……ずくだすっ！」

「どうやらハルコさん、結婚の妄想をしていらっしゃるようですね」

ううーむ……どうしてこうなった。

☆

キースとピリカを窓ぎわの席に座らせ、とりあえずコーヒーを出す。

俺は二人に軽く事情を説明。

「な、なんじゃ……早とちりだったみたいじゃな、兄様」

「すみません。妹はオキシーさんの冗談を真に受けてしまったんです」

「なっ!?　に、兄様はわかっておられたのかっ？　なら止めてくれれば良かったのに……」

むー、とピリカが唇を尖らせる。

「ごめんなさいピリカ。ただ、あなたの付き添いという口実があったおかげで、こうしてジュードさんに会うことができました。ありがとう」

兄が妹の頭をなでる。

「そうでもしないと外に出れないって、本格的に忙しいみたいだな、おまえ」

第一王子グスカスは、少し前から体調を崩している、と聞いた。

その代わりにキースが、王子の仕事をやっているとも。

「最近兄が王都を出て行ったので、本格的に業務を引き継ぐこととなり、忙しさは倍増しました」

「へー……。へっ？　で、出て行ったっ？　グスカスはどうかしたのかよ？」

「慌てるほどではありませんよ。恋人とゆっくりするために、旅行に出ただけです」

俺は目を丸くする。

「恋人……？　え、グスカスに恋人ができたのか？」

「ええ、鬼族の可愛らしいお嬢さんです」

「はえー……そっかそっか。はぁ～……そうかぁ」

あのグスカスが恋人を作るとはなぁ。

「元々兄は慣れない業務に体調を崩しかけていました。父は兄に暇を与え、恋人とゆっくりしてこいと命じたのです。だから王都にいないだけです」

「そっかー……。なんだよグスカス、ふふっ、良かったなぁ」

「……うれしそうですね」

「当たり前だろ？　教え子が幸せになったんだぜ。喜んで当然だろう？」

結婚はいつだろうか。その前にちょっと会ってみたいな。

「むぅ、ジュードよ。グスカスはおぬしを追放した張本人なんだぞ？」

「え？　だから？　人の幸せは無条件で喜ばしいことじゃんか。なぁ？」

ピリカとキースは互いに見つめ合い、苦笑する。

「ジュードらしいのぅ」

「ええ、ですがそこがジュードさんの良いところです。素晴らしい人です、やはり」

キースが頬を赤く染めて言う。

「おまえらそろそろ遅くなるから、帰った方が良くないか？」

「心配は無用じゃ！　今日はジュードの元へ泊まると父上には告げておる！」

どんっ！　とピリカが白分の胸を手で叩く。

「ジュードさんさえよろしければ、ここに泊めていただくことは可能でしょうか？」

「おー、いいよいいよ。空き部屋もあるし、タイガもキャスコも喜ぶだろうしよ」

「わーい！　やったのじゃー！　ジュードとお泊まりじゃー！」

☆

夕食後、俺たちは順々に風呂に入った。

男子チームが入った後に、女子チームが順番で入っていく。

「うむ！　ハルコよ！　一緒にお風呂に入ろうなのじゃ！」

「うん、いいですよぉ♡」

「敬語は不要じゃ！　ほれ、しゅっぱーつ！」

ピリカがハルコの手を引いて、風呂場へと向かう。

キャスコとタイガは一足先に風呂から上がって、二階でキャスコに髪を乾かしてもらっている。

「ありがとうございます。お風呂をいただいて、その上パジャマまで」

「いえいえ。それより俺のパジャマでいいの？　サイズ的にハルコの借りた方がよくない？」

キースは男だが細く、ヘタしたらキャスコと同じくらい痩せているのだ。

一方で俺は、まあそこそこがたいがあって背も大きい。

俺のパジャマは、キースが着るにはサイズが合ってない気がした。

「いいんです、僕は、これがいいんです……」

キースは目を閉じると、すんすん……とパジャマの裾の匂いを嗅ぐ。

「ジュードさんの優しい匂い。これを着てると、まるでジュードさんに包まれてるようです」

「オキシー達も言っていたけど、そんなに加齢臭するか、俺？」

「とんでもない！　違いますよ！　大人の男性の素敵な香りです！」

ふんふん、とキースが鼻息荒く言う。

「お、おう……そうか。ありがとな」

俺たちは窓ぎわに座る。

「それにしても……ジュードさん、ようやく思い人ができたのですね」

「ん、ああ」

「お二人のどこが好きなのですか?」

ハルコとキャスコのことを言っているのだろう。オキシーのやつが、ペラペラと二人に告白するってばらしたのだろうな。おしゃべりさんめ。

「ハルコは、笑顔が素敵だ。見てると心が癒やされる。それにとても優しい子でさ、困っている子やさみしがっている子を見ると、すぐに駆けつける。そんな優しいところが好きだ」

好きな女子の、好きなところを明かすなんて、照れくさい。

けどまぁ、相手は同性なので、存外すらすらと言えた。

「キャスコにはいつも助けられてばっかりだよ。抜けてる俺をいつも支えてくれてさ、王都での事件があったとき、キャスコが俺に渇を入れてくれたんだ。そのとき気づいたんだ、ああ、俺はこの子がいないとダメだなって」

「……二人とも、素敵な女性ですものね」

「ああ、俺にはもったいないくらいの、素晴らしい女の子達だよ」

「お似合いのカップルだと思いますよ。僕は、祝福します」

キースは微笑んで、俺の手をつかんで笑いかける。

「おめでとうございます、ジュードさん」

「おう、ありがとな。……って、やっぱり気が早いんだってば、おまえら」

俺は苦笑し、キースの頭をわしゃっ、と強くなでる。

「……ねえ、ジュードさん」

キースは声のトーンを落として言う。

「僕、あなたにガールフレンドができること、本当に心からうれしいんです。あなたの人生に苦労が多いことは、よく知っています。だから……」

決意のこもったまなざしを俺に向けて、言う。

「あなたには、誰よりも幸せになる権利がある。僕はそれを、全力でサポートします。あなたの幸せを邪魔する者がいたら……僕が排除します」

彼の銀の瞳が、妖しく光る。

「それはうれしいけど、おまえにそこまでしてもらうのは悪いよ。気持ちだけ受け取っておくわ」

ちょうどそのタイミングで、ピリカがハルコとともに戻ってきた。

「ジュード！　すごいぞ！　ハルコのおっぱいもうバルンバルン！　乳牛かと思ったのじゃ！」

「ひぇ〜！　ぴ、ピリカちゃんやめてー！」

慌てふためくハルコと、嬉々として報告してくるピリカ。

「はいはい、濡れた髪を拭きますよー」

「おー！　ジュードは気が利くのじゃー！」

俺はバスタオルをハルコから受け取り、ピリカの髪をわしゃわしゃ拭く。

「ジュードよ、良い家庭を作るのじゃぞ！　できれば大人になったわしもそこへ入れてくれ！」

「ありがとなー。考えておくよー」

そんなふうに、夜は更けていき、兄妹は翌朝帰ったのだった。

6話　英雄、ギルドマスターたちから取り合いになる

王子と王女が来てから数日後。昼下がりの喫茶店にて。

カランカラン♪

「いらっしゃーい……って、クロエじゃん」

「せんせぇ♡　おひさしぶりやでぇ～♡」

白いスーツに、腰から鴉《からす》の翼を生やした女性が入ってきた。

彼女はクロエ。大きな商業ギルドで、ギルドマスターをやっている。

俺の胸元へとやってきて、抱きつく。

「お外の掃除終わってきただに～！　お客さんもいないことだし一緒におしゃべり……」

ちょうど帰ってきたハルコが、俺とクロエを見て、ピシッ！　と固まる。

「そ、そうだよねぇ～……おらみたいな、ダサい田舎の小娘より、大人の女性の方がいいよねー……。う、うぅうう……うわーん！」

だーっ！　とハルコが涙目で二階へと上がっていった。

「クロエおまえなぁ、誤解させちゃったじゃあないか」

「ごめんなー。せんせぇ、怒らんといてなー」

「まあ、あとで誤解をといておくからいいけど」

と、そのときだった。

カランカラン♪

「げぇっ！　……クロエさん」

「おー♡　ユリアっち。おひさ～」

入ってきたのは、小柄な女性、ユリア。

彼女は冒険者ギルドで、ギルドマスターをしている。

二人は知り合いだそうだ。

「ジュードさん、冒険者としてお願いがあってきたんですけど……出直しますね」

「ん？　そうなのか。いいよ出直さなくて。いいだろクロエ？」

「ええで♡　うちはコーヒー飲みに来たついでに、せんせぇをスカウトするだけやから」

クロエはやたらと、俺をギルドにスカウトしたがるのだ。

「残念でした、ジュードさんは冒険者ギルドに入ってくださってるんです！　商業ギルドなんてお呼びじゃあないんです！」

「ま、機会は今後もあるやろうから、焦ってないでうちは♡」

かくして、奇しくもギルドマスターたちが、うちの喫茶店に同時にやってきたのだった。

☆

数十分後。

俺は【フォーエツ】から離れた、森のなかに来ていた。

ユリアからモンスター狩りを依頼されたのだ。

「クロエは、どうして狩りについてきたんだ？」

「目当ての【韋駄天兎《いだてんうさぎ》】には、うちも興味あるさかい、見学させてぇな」

ユリアからの依頼はこうだ。冒険者ギルドの出資者の一人である貴族の方から、韋駄天兎を捕まえてきてくれという依頼が舞い込んだ。期限は今日。

しかも捕まえてくれないと、ギルドへの出資をやめるという。

「韋駄天兎は名前の通り足がめちゃ速いからなぁ。戦闘力は正直スライム以下の雑魚やけど」

俺は周囲を【見抜く目】で見ながら、クロエと会話する。

「へぇ、そうなのか」

パシッ。ザシュッ。

「文字通り韋駄天の足を持ち、しかもなかなか姿を現さない。捕獲難易度は脅威のＳ」

「ひぇー、そうなのか」

パシッ。ザシュッ。

「ユリアも可哀想や。韋駄天兎を今日中に捕まえろーなんて無理難題。確かにこの兎の肉はめちゃくちゃ美味くて、舌の肥えた貴族たちがこぞって食べたがってるーって聞いたことあるけどなぁ」

「ほぉー、そうなんだなぁ」

パシッ。パシッ。パシッ。パシッ。パシッ。

「って、せんせー、さっきから何しとん？」

「んー？　ウサギ捕まえてるの」

俺は腕に山ほど抱えたウサギを、クロエに見せる。

くわっ！　とクロエが、目玉が飛び出るのではというほど、大きく目をむいて叫ぶ。

「韋駄天兎ですやん！　え、なんで？　なんでこんな山ほどいるん？」

「いやぁ、だってさっきからその辺たくさんぴょんぴょんしてるぞ？」

「はぁ〜〜〜〜〜〜〜〜〜〜!?　どっこにもおらんやん！」

「え、いるって、ほら」

俺は手を伸ばして、今跳んだばかりの兎を、空中でキャッチする。

「はやっ!?　え、せんせー腕消えたやんな、今!?　魔法!?」

「消えてないよ。腕伸ばしてキャッチしただけ。普通に、こんな感じで」

高速移動する韋駄天兎の耳をつかんで、腰のナイフで頸動脈を切る。

ぽかーん、とクロエが口を大きく開く。

「は、速すぎて……なんも見えなかった。気づいたらせんせーの手のなかにおった」

パシパシパシパシ。

「って！　どんだけ!?　どんだけ取るん!?　超レアモンスターやで!?」

「そうなのか？　辺り一帯にめっちゃいるぞ？」

「嘘ぉおおおおおおおおおん!?」

「ほんとほんと。見えないのか？」

「見えへんわ！」

俺の【目】には辺りを跳び回っている兎がたくさん見える。

「そ、そうやった……せんせーの【見抜く目】は、あらゆる物を見抜く。超高速で動く兎すらも目で捕捉できるっちゅーわけやな……。けど、それを捕まえられるもんなん？　普通？」

ちょうど目の前を跳んできたうさぎの首を捕まえる。

「ほい。ね、簡単だろ？」

「簡単ちゃうわ！　できへんわ普通ぅうううううううう！」

うーん、しかしこれくらいのことは、できて当たり前だ。

「いや、わかったで！　せんせー、あんた常時魔力で身体強化し続けてるんやな！」

魔力。俺たちの体に宿っているエネルギー。これを取り出して魔術師達は魔法を使う。

だがそれ以外にも、身体能力を向上させることができる。

ただし、魔力を意識的に操作して、強化したい場所に集中させる必要がある。

「子供の頃から、24時間ずっと魔力を体内で循環させる癖がついてるんだ」

「な、なるほど……呼吸するかの如く、幼少期から魔力操作を行い続けた結果、とてつもない練度の身体強化術を、無意識に使えるようになったたっちゅーわけやな」

意識せずとも、どんな動きだろうと、体は思い通りに動いてくれるのだ。

「ば、ばけものや……せんせー、あんた尋常じゃないで」

そんなふうにクロエと会話しながら、俺は兎を捕まえまくった。

☆

「ただいまー」

「じゅ、ジュードさん!?　もう帰ってきたんですか?」

ユリアがうちで、コーヒーを飲んでいた。

さっき店に来て依頼をした後、俺が煎れてあげたやつである。

「うん。終わったよ」

「早っ！　え、森まで結構距離あるんですけど……？」

「キャスコが転移魔法で送り迎えしてくれたからな」

「え？　え？　だ、だとしても……韋駄天兎を捕まえるのは、至難のワザだと……」

後からクロエがひょっこり、顔を出す。

「ユリアっち、見てびっくりするから、覚悟しとった方がええで」

なぜかクロエは、ぐったりした表情でユリアに言う。

「それで目当ての兎なんだけど、こんなもんでいいか？」

俺は【ステェタスの窓】を開いて、【インベントリ】から、韋駄天兎を取り出す。

ドサドサドサドサドサドサドサドサドサドサドサドサドサ。

「ど、ど、どしぇ〜〜〜〜〜〜〜〜〜〜〜〜〜〜〜〜〜〜！」

テーブルの上に、山と積まれた韋駄天兎を見て、ユリアが目をむく。

「なっ！　なっ！　なんですかこの大量の兎はぁあああああああああ!?」

「何匹か聞いてなかったからさ、とりあえず１０００匹くらいでやめといた」

パクパク……とユリアが口を開いたり閉じたりしている。

「やっぱ少なすぎた？　今すぐ追加でもう１０００匹くらい捕まえてくるから」

俺が出て行こうとすると、ユリアが俺の腰にしがみつく。

「大丈夫！　大丈夫ですから！　いやというか十分過ぎますからぁああああああ！」

「え、そうなん？」

「一匹で良かったんです！」

「あ、なぁんだ、そうだったの。早く言ってよぉ」

ユリアが韋駄天兎の山を指さす。

「言わなくてもわかるでしょ!?　捕獲難易度Ｓ！　一匹捕まえるのだって大変なんですよ！」

しまった、一匹でいいのだとしたら残り９９９匹が、無駄になってしまう。

「じゃあ残りは全部ユリアにあげるよ。報酬は一匹分だけでいいから」

「ちょっと待ったぁああああ！」

ユリア、クロエの両ギルドマスターが、声を荒らげる。

「せんせー！　それはさすがにアホですよ！　一匹いくらすると思っとるんですかい!?」

「一匹で高級ホテルの一番高い部屋に何日も泊まれます！　三食高級料理付きで！」

「はえー……そうだったんだ」

「そうなんですよっ!!」

なんだか知らないが、二人とも怒っていた。

俺なんか怒らせることしちゃったかな？

「それを９９９匹分って……いくらなんでも受け取れませんよ、申し分けなさすぎて」

「いやいいって。ユリアにはいつも世話になってるし。コーヒーも飲みに来てくれてる常連さんだからさ。いいよ、全部持って帰って」

「ジュードさん……うう、あなたはほんと、我がギルドの幸運の女神……いや、神様ですぅ～」

ぐすぐす……とユリアが涙を流す。

「ちょおおおっと待った――――！」

クロエが目を爛々と輝かせながら、俺の手をがしっとつかむ。

「なぁせんせー！　いらないならうちにちょーだいな。うちもほら、常連客やん？」

「はぁああああ!?　あなた、何言ってやがるんですかこの野郎ー！」

ユリアがすごい剣幕で、クロエにつかみかかる。

「彼は我が冒険者ギルドに寄付してくれたんですよ！　商業ギルドはすっこんでてください！」

「えーやん！　あんただっていらんって一度断ったやん！」

「ダメです！　だいたい彼は冒険者！　商業ギルドに渡す義理はないですよね!?」

「あ――――も――――！　ずるい！　ほんまずるい！」

クロエが必死の形相で、俺につかみかかってくる。

「なぁせんせー、うち来て？　頼む、あんたの望むもん全部！　用意するさかい！」

「だめです！　ジュードさんは冒険者ギルドのものです！　ねー、ジュードさん！」

「あんたすっこんどれ！　うちはせんせーと話してるんや！　ねー、うち来てなーせんせー」

「あなたその手を離してください！　引き抜きは絶対許しませんから！」

……結局俺が口を挟む余地はいっさいなく、二人の言い争いを止めることはできなかった。

５００匹ずつ渡すのはどう？　と提案し、それで納得してもらったのだった。

7話　英雄、バイト少女たちへの思いを再確認する

ギルドマスターたちがやってきてから、数日後。

朝。今日も喫茶店ストレイキャットには、あまり客がいなかった。いるのは常連客くらい。

窓ぎわの席に、ジェニファーばあちゃんが座っている。

俺はばあちゃんの元へ、おかわりのコーヒーを持って行く。

「ジュードちゃん、聞いたよ。またお店休むんだってねぇ」

ニヨニヨと、楽しそうに笑うばあちゃん。

「あれ、誰から聞いたの？」

「あたちー！」

ばあちゃんの膝の上に乗っていた、雷獣少女のタイガが、手を上げる。

「タイガ、おまえか」

「そー！　あたちなのですっ！」

タイガはふよふよと飛んで、俺の頭の上に乗っかる。

ジェニファーばあちゃんは、タイガが雷獣であることを知っている。

それでも変わらずに付き合ってくれている。

魔獣だからと差別も区別もしない、優しいばあちゃんなのだ。

「それでタイガちゃん、誰とどこへ行くのかえ?」

「はいっ! おとーしゃんと、ハルちゃんと、キャスちゃんとあたちの四人です!」

タイガが指を三本立てて、そう言った、そのときだ。

「タイガちゃん、それじゃ三だに〜」

カウンターの方から、クッキーのお皿を持った、バイト少女・ハルコがやってくる。

「ハルちゃんっ!」

タイガが今度は、ハルコの頭の上に乗っかる。

桜髪の少女が、手に持ったクッキーのお皿を落とさないよう、体勢を直す。

「ハルちゃん、あたち、何か間違ってましたか……?」

不安げに、猫耳をぺちょんと垂らすタイガ。

一方でハルコは、ニコニコと笑いながら言う。

「ううん、間違いじゃないよ。おしかったね。あと一本足りなかっただけだよ♡」

ハルコはテーブルにクッキーのお皿を置く。そしてタイガをよいしょと抱っこする。

タイガの指を手に取って、もう一本立てる。

「ほう！　一本足りませんでしたか。これは確かにおしい！」

「ねー、おしかっただけだよ。タイガちゃんは間違ってたわけじゃないよー♡」

「そっかぁー！」

にぱーっと笑うタイガ。

ハルコは微笑むと、タイガのことをきゅっと抱きしめる。タイガも抱きしめかえす。

「ハルちゃん、ふにふにだから……すきっ！」

「おらもタイガちゃん、ふにふにしてて好きー」

「おそろいですねっ」

「おそろいだねー」

えへー♡　と笑うタイガとハルコ。

「おっ、やきたてのクッキーだぁ！」

ハルコが置いた皿を見て、タイガがキラキラとした目を向ける。

「ばーちゃん！　クッキーおいしそうですね！」

タイガが、ばあちゃんに笑顔を向ける。

「こらこらタイガ。これはばあちゃんの分だぞ」

「ああいいんだよぉジュードちゃん。ほらタイガちゃん、お食べ」

「わーい！」

タイガがハルコから降り、ばあちゃんの膝の上に再び乗っかる。

「あ、そうだタイガちゃん。それ焼いたばかりだからちょっと熱いよ？」

「あちちなのー！」

タイガがクッキーを一口食べて、舌をやけどしてしまった。

俺は慌ててカウンターへ行き、氷水を持って、ハルコたちの元へ帰る。

「ハルちゃーん……。舌が痛いよぉ～……」

「そうだね、痛いね。けど大丈夫だよ。すぐに冷やせばすぐ治るからね」

ハルコがタイガを抱っこして、よしよしと慰めていた。

「……ほんと？　あたち死なない？」

「死なないよ～。大丈夫！　タイガちゃんはいつまでも元気元気だにっ！」

明るい笑顔を、ハルコがタイガに向ける。タイガはすんすん、と泣いていたが、

「うんっ！」

「あ、ほらジュードさんが氷持ってきてくれたよ。これでもう大丈夫！」

「そっかー！　大丈夫かー！」

俺はタイガを抱っこして、コップの氷で、タイガの舌を冷やす。

ややあって、タイガの舌の痛みが、すぐに引いたようだ。

「ハルちゃんの言ったとーりだったー！」

にぱーっと、タイガが輝く笑顔を浮かべる。

「そりゃあ良かったねい」

「良かった良かった」

ばあちゃんと俺がうなずき合う。タイガは笑顔になると、ハルコの胸にジャンプ。

「ハルちゃん好きー！」

「おらもタイガちゃん好きだよ～」

むぎゅーっと抱き合うタイガとハルコ。

仲良きことは良いことだ。

「ハッ……！　これはそーしそーあいってやつですねっ！」

「うん♡　おらとタイガちゃん、そーしそーあいだに～♡」

えへ～と笑顔になるハルコ。それを見て、ばあちゃんがにやっと笑って言う。

「おやハルちゃん、じゃあジュードちゃんのことは好きじゃないんかい？」

するとハルコが顔を真っ赤にする。

「そそそ、そんなことないですよっ！　おら……じゃない、わたしはジュードさんのことっ、だ、だいしゅ……しゅ……き、です…………ぁぅ」

最後の方、ハルコは顔を耳の先まで真っ赤にしていた。

ぼしょぼしょと、消え入りそうに言っていた。

「ハルちゃん顔真っ赤。やかんさんみたい。どーしたの？」

「ど、どうもしてないよっ！　あ、あっちで遊ぼっか！」

ハルコはタイガを連れて、そそくさと、その場から去る。

「んで、ジュードちゃんは、ハルちゃんとキャスちゃんに、告白の返事をしに行くと」

ばあちゃんが俺を見て言う。

「タイガはそこまで言ったのか？」

「いいや、あくまで旅行するって話だけ。後は勘さね。……しかしそうかいそうかい！」

ばあちゃんがうれしそうに、目を細めて言う。

「やっとジュードちゃんも、あの子たちの思いに答えてやることにしたのかい」

「ああ。俺も最近になって、二人のことが好きなんだなって実感が持てるようになってさ」

きっかけは王都での事件だった。

女神の結界装置が壊れ、街にモンスターがあふれかえった。

ハルコたちのいるホテルがモンスターに襲撃されたとき、俺は大いに焦った。

彼女たちが無事なのを確認して、ほっとする自分がいた。……そして気づいたんだ。

俺にとってタイガも、そしてハルコたちも、かけがえのない大切な人たちなんだと。

「仲間としてじゃなくて、ようやく、女の子として、あの子を見てあげるようになったんだね。うんうん、良かったねハルちゃん」

我がことのように、ばあちゃんが離れた場所にいる、ハルコを見てつぶやくのだった。

☆

数時間後の、ランチタイムにて。

昼時になると、ストレイキャットは忙しくなる。

ランチを食べに、若い子たちがやってくるからだ。

昼は料理を作って出しての大忙し。

バイトを二人も雇っているのも、この時間のためと言っていい。

「ハルちゃんミートスパゲッティできたよっ」

「はーい！　今行きまーす！」

「すみませーん、注文お願いしまーす！」

「ひ～。今行きます～」

俺は基本的に厨房にて、料理を作る係。二人がそのほかの対応だ。

ランチタイムの始めは、まだいい。

問題は中盤、飯を食い終わった客が出てくるときだ。

「すみませーん、お会計お願いします」

「あ、えっと……キャスコー」

俺はキャスコを呼ぶ。彼女が小走りでこっちへ来る。

キャスコが伝票を一目見ただけで、

「……全部で十五ゴールドですね」

と、瞬時に会計を、脳内で計算する。

客から金を受け取り、すぐさまおつりを計算して、お客に渡す。

「……ありがとうございました♡　また来てくださいね♡」

上品に微笑むキャスコ。

客はどちらも男だった。でれでれしながら、キャスコに手を振って、店を出て行く。

「……ふぅ」

「ごめんな、キャスコ。助かったよ」

いえ……とキャスコが微笑を浮かべて、首を振る。

「しかしすごいなぁ。頭のなかでパパッと計算できるなんてな」

「……そんな、たいしたことありませんよ」

その後しばらく戦場のような忙しさが続く。

ややあって、十三時を過ぎた辺りから、徐々に忙しさが解消されていく。

ランチタイムを終え、店の看板を【CLOSE】にする。

俺たちの昼休憩の時間だ。

「「ふぅ～……」」

バイト少女たちが、小さく吐息を吐く。

「おつかれ、二人とも。はい、これまかない」

カウンターに座るバイト少女たちに、俺はまかないの料理を出す。

今日はナポリタンだ。

「タイガ～。飯だぞ～」

俺は二階に向かって声を張る。

タイガはランチタイムの間、お昼寝をしていた。

俺が呼ぶと、眠たげなタイガが、二階からフヨフヨ飛びながら、やってくる。

タイガは半眼のまま、カウンターの前に座るハルコの元へ行く。

「ふぁあ…………ねみゅーい」

そして正面から、ハルコの体に抱きつく。

「タイガちゃん、おはよ～。お昼ご飯だよ。一緒に食べようね♡」

「うぅ～……ん。いまあたち、ちょっとおねむな気分なの……」

タイガはしょぼしょぼと目をこすりながら、ハルコのふくよかなおっぱいに、顔を埋める。

ハルコは微笑みながら、タイガの頭を、よしよしとなでる。

「眠いんだねタイガちゃん。でもね、ジュードさんがお昼ご飯作ってくれたよ。とっても美味しいナポリタンだよ～」

「ううーん……。眠いから……ハルちゃん、食べさせて？」

んあっ、とタイガが小さなお口を、大きく開ける。

「うんいいよ♡　はい、あーん♡」

ハルコがフォークでパスタを巻き取り、タイガの口に、フォークを近づける。

「あーんっ♡」

タイガがパクッ、とパスタを食べる。

「美味しー？」

「おいしー！」

タイガがパァッ、と顔を輝かせる。

俺を見やると、ぐっ……！　と親指を立てる。

「おとーしゃんっ、今日のお料理も……とってもべりぐー！」

太陽のように明るい笑みを浮かべるタイガ。

「べりぐーでしたか。そりゃ良かった」

作ったかいがあるというもんだ。

その後ハルコたちが、和やかにランチを取る。

俺はその間、台所に溜まっている洗い物を処理する。

ランチタイム中は、洗えない。そんな暇ないからな。

こうして一段落してから洗うのである。

「……ジュードさん」

俺がお皿を洗っていると、キャスコがパタパタと小走りでやってくる。

「どうした、キャスコ？」

キャスコは俺を見上げながら、微笑んで言う。

「……お食事いただきました。こっちは任せて、ジュードさんもお昼を食べちゃってください」

小さな見た目で、お姉さんのように、大人びたことを言うキャスコ。

「いや、大丈夫だよ。ゆっくり休んでくれって」

「……だめですよ。もう、ジュードさんだってお腹ペコペコなんでしょう？」

苦笑するキャスコ。

言われてみれば腹減っているような……と思っていたら。

ぐー……と腹が鳴りました。そうですか、お腹すいてますか、俺よ。

「……ランチタイムから動きっぱなしなのですから、お腹がすいて当然です」

「そうだなぁ。意識したら、余計に腹減ってきたよ」

でしょう？　とキャスコがふんわりと笑う。

「本当にいいのか？」

「……ええ、もちろん♡」

キャスコがそう言ってくれるので、俺はお言葉に甘えることにした。

自分の分のナポリタンを、お皿に盛る。

皿を持って、ハルコたちの隣に座る。

「あ、フォーク忘れた」

「……ジュードさん」

どうぞ、とキャスコがすかさず、フォークとスプーンを渡してくる。

「さんきゅー。ありがとな」

「……もう、ジュードさんってば。どうやってお昼ご飯食べるつもりだったんですか♡」

「いやほんとそれなー」

ニコニコ笑いながらキャスコが言う。

彼女の美しい笑みを見ていると、こっちも心が癒やされる。

ハルコやタイガとはまた別種の、癒やしのオーラを、キャスコは発してるように思えた。

「おとーしゃんっ。しゃんとしないと駄目ですよっ」

タイガが俺を見ながら、指を立てて言う。

「そうだなぁ。ちょっとぼんやりしすぎてたな。しゃんとしますね」

ランチタイムを乗り切って、気が抜けていたのは確かだ。

俺はタイガの顔を見やる。

口の周りにべったりと、ナポリタンのソースがついていた。

「えっと布巾どこだ？」

「ええっと……確かこの辺にあったような……」

俺とハルコが、布巾を探していると……。

すっ……とキャスコが、カウンター越しに、手を伸ばしてくる。

「……タイガちゃん。お口の周りにソースがべったりですよ。お顔こっちに向けてください」

「おっと！　ほんとですね！　キャスちゃんっ、んー！」

タイガが目をつむって、キャスコに顔を近づける。

キャスコは優しい手つきで、タイガの口元を拭う。

「……はい、綺麗になりましたよ♡」

「ありがとキャスちゃんー！」

にぱーっと笑ってタイガが礼を言う。

「ハルちゃん、キャスちゃんはとても優しいですなっ」

「うんっ♡　そうだよね〜♡　キャスちゃんは優しーお姉さんだに〜♡」

笑い合うハルコとタイガ。

「……ほら、ハルちゃんも。お口汚れてますよー」

言われてみると、ハルコの口に、確かにちょっとだけだが、ソースがついていた。

「えへへ♡　キャスちゃん。んー♡」

さっきタイガがそうしたように、ハルコも目を閉じて、キャスコに顔を近づける。

「……もう。ハルちゃん。子供じゃないんですから」

そう言いながら、キャスコがちょんちょん、とハルコの口元を拭いていた。

「キャスちゃんありがとうっ！　やっぱり優しくっておら、キャスちゃん大好き～♡」

「あたちもー！　しゅきー！」

キャスコは上品に微笑むと、ありがとうと答える。

この間、彼女は基本、手を動かしていた。器用な子なのだ、キャスコは。

ややあって、俺が食事を取り終える。

「キャスコ。さんきゅーな。代わるぞ……って、もう終わってら」

あれだけあった汚れたお皿が、すっかり、きれいに片付いていた。

「……ジュードさん。空いたお皿貸してください」

「や、これくらい自分で……」

「……いいんです。任せてください。ジュードさんのお皿洗いは大雑把なんですもの」

苦笑しながら、キャスコが俺から、皿を受けとる。

「大雑把、かなぁ？」

「……そうです。たまに洗剤が残ってるときもありますよ。しっかり水洗いしないと」

キャスコがテキパキと皿を洗い、拭いて、元の場所へ戻す。

その流れるような手つきに、俺たちは見惚れてしまう。

「さっすがキャスちゃんっ！　てきぱきしてますねっ！」

賢者さまは微笑むと、ありがとうと言う。

「おとーしゃんも、キャスちゃんを見習って、てきぱきできるようになりましょうねっ！」

「おっけ。精進します。タイガ先生。キャスコ先生」

俺が答えると、二人がクスクスと笑う。

食後三人は、お散歩に出かけていった。

俺はなくなったコーヒー豆の補充をしようかなと思って、気づいた。

「……もう補充されてら」

コーヒー豆だけじゃない。

お茶の葉や他の材料まで、ランチタイムでなくなった分が、すべて元通りではないか
彼女はできる女子だなと、改めて俺は思う。そしてこうも思った。

「しっかりしてるあの子がいないと、やっぱり俺はダメダメだなぁ」

俺はカウンターに座って、独りごちる。

「……あのときも、キャスコがいなかったら、どうなってたことやら」

王都での事件のとき。

ハルコたちが泊まっているホテルが、モンスターの襲撃に遭った。

そのとき、彼女は俺を励ましてくれた。

ホテルに到着し、気を失っているハルコたちを見て、俺は軽くパニックになっていた。

正気に戻してくれたのは、キャスコだった。

彼女だって、友達が死んでるかもしれないと、焦っていたはずだろうに。

「強い子になったよな。……あの小さくていつも泣いてた女の子が、成長したな」

俺がキャスコと初めて会ったのは、彼女が七歳のとき。

彼女はいつも、勇者グスカスにいじめられて泣いていた。

そのたび俺が仲裁に入っていたなぁ。アレが遠い日の出来事に思える。

「もう、子供じゃないんだなよな」

キャスコは立派な、大人の女性になっていた。

人を支えられるほどに、心が成長していた。

「……感慨深いぜ」

そんな立派に成長した大人の彼女が、はっきりと、俺に言ったのだ。

好きです、付き合ってくれと。

俺はあのしっかりとした女性の彼氏として、ふさわしいだろうか。
いや、たぶんふさわしくないだろう。
もっとあの子に釣り合う男はごまんといるはずだ。
それでも俺を選んでくれた彼女。
俺も……誠意を持って、その思いに答えるべきだ。
優しくて強い、彼女。その心の強さに、俺は惚れた。
惚れたというか、なんだろうな。
上手く言葉に表せないけど、ずっとそばにいて欲しいと、強く思ったのだ。
「……なんて言えばいいだろうか。俺をこれからも支えてくれ、とかか？」
デート当日までに、上手いセリフを考えておかねばな。

8話　勇者グスカスは、冒険者ギルドで恥をかく

一方その頃、勇者グスカスは、雫の代わりに、働くことになった。

彼は現在、獣人国ネログーマにある、冒険者ギルドにいた。

「チッ……さっさと試験受けさせろよ。試験官は何もたもたしてるんだよ……ったく」

ここはギルド所有の訓練場だ。

円筒状の建物。中央には広場があり、ここで【試験】が行われるらしい。

「冒険者になるためには試験を突破する必要があるなんて、聞いてねえぞクソが……」

広場にはグスカスのほかにも、試験を受けに来た者たちがいた。

「どいつもこいつも雑魚そうなやつばっかりだ。これならトップ合格間違いなしだな」

「す、すごい余裕ですね……」

見やるとそこには、小柄な子供がいた。

十五歳くらいだろう。ここら辺では珍しい黒い髪を、肩口で切りそろえている。

「なんだてめえ？　気安く話しかけてくんな」

「す、すみません……ただ、あなたがすごいなって思ったんです」

ほう、とグスカスがうなる。

「俺様がすごいのを見抜くとは……脇役《モブ》にしては見どころがあるじゃあねえか」

「あ、ありがとうございます！　あ、自分は【ボブ】っていいます」

ボブがペコッと頭を下げる。

名前もそうだし、女らしい曲線も膨らみもないので、たぶん男だろう。

「自分、実は【職業《ジョブ》】を持ってないのであります。だから突破できるか不安でして、でもあなたは不安なんて微塵も感じさせず、堂々としてててすごいと思います！」

このボブもグスカス同様、職業を持っていないらしい。

グスカスの場合は、王都追放の際に、なぜか職業が消えていたのだが。境遇は似ていた。

「あたりめぇだろ。職業がなんだってんだ。問題は腕があるかどうかだろ？」

グスカスが腕を曲げ、自分の力こぶを叩く。

「ワッ……！　すごいむっきむきだ！　やっぱり職業は関係ないんですね！」

「おうよ。てめぇは、見るからに非力なヒョロガリで、試験はまあ落ちるだろうけど……鍛えれば強くなれっから、ま、頑張れや」

今回の受験者のなかで、どうみてもこのボブが一番弱そうだ。

落ちるのはこいつだろうな、とグスカスは鼻で笑う。

職業《ジョブ》を失い、自分は確かにステェタスは大幅減少した。

だが勇者として鍛えてきたこの体と、強大な敵と戦ってきた経験があればなんとかなるだろう。

ややあって、試験官が、広場にやってくる。

「試験はシンプルだ。二つある。一つ目は攻撃威力テスト。そして組み手だ」

なんともシンプルな試験だ。そもそも落とす試験ではないらしい。

みな何かしらの職業を持っているため、ある程度魔物と戦う力は備えているからだ。

「ではまずは攻撃威力テストを行う」

試験官が指を鳴らす。すると広場に、的が出現する。

棒に板が張り付いており、板には円が描かれていた。

「剣が使えるなら剣で、魔法を使えるものは魔法で、この的に攻撃を与えろ。破壊したときの威力が、数値となって試験官である私の元へ報告される仕組みになっている」

なるほど、とグスカスがうなずく。

「では始める。最初は魔法使いの君から」

受験生のうちの一人、魔法使いが、的の前にやってくる。

精神を集中させ、魔法を発動。初歩の火属性魔法【火球】。

ボール大の火の玉が、的にぶつかる。

「よし、いいぞ。悪くない結果だ。最初はこれで十分だ。次!」

その後次々と、受験者が的に攻撃を与えていく。

そして残りはグスカスとボブの二人となった。

「俺様は最後でいい。ガキ、てめえがやれ」

「は、はい……！」

主役は最後に活躍するものだ。ガキにはせいぜい、自分の引き立て役になってもらおう。

「ぼ、ボブです。一応武器と魔法どっちも使えるんですけど……魔法でお願いします」

試験官がうなずく。ボブは的の前に立つ。

「よぉし……じゃあ、がんばるぞー！」

そう言って、ボブが目を閉じて、そして気合いを入れた瞬間、周囲に衝撃波が発生した。

ドンッ……！

「な、なんだぁ……!?」

ボブの体が……黄金に輝いているではないか。

「アレはまさか!?　闘気《オーラ》！　彼は闘気を使えるのか!?」

試験官が、黄金に輝くオーラを出すボブを見て叫ぶ。

「な、なんだよ？　闘気ってよぉ……？」

「大気中の自然エネルギーを体内に取り込み、莫大なエネルギーを作り出す伝説の奥義！」

な、なんだと!?　と目をむくグスカスをよそに、ボブ少年が手に闘気を溜める。

「いきます……闘気砲《オーラ・キャノン》！」

手の闘気を、一気に解放。

それはレーザービームとなって、放出された。

びごぉおおおおおおおおおおおおおおおおおおおおおおおおお!!

極太のレーザーは、的どころか訓練場の壁をまるごと吹っ飛ばしたではないか。

グスカスも、そして試験官も、その場にへたり込んでいる。

「あ、あわわっ。またやっちゃった……壁壊してごめんなさいっ！　まさか的も壁も、あんなヤワだと思わなくて……おじいちゃんの家の道場は、すごく頑丈だったので……つい……」

ぽりぽり……とボブが頭をかいて反省する。

「き、君ぃいいいいいいいいいいいい!!」

試験官が立ち上がると、ガシッ！　とボブの肩をつかむ。

「闘気術を使えるのか!?」

「え、あ、はい。うちの田舎の村ではみんな使えましたし……え、みなさんも使えますよね？」

「いや普通使えないよ！　すごい！　君は天才だ！」

「え、いやいや天才じゃないです。村で自分より強いやつなんてごまんといましたし……」

試験官は驚きながら、履歴書を確認する。

「【ボブ・カナタ】……出身……【極東】。極東!?　あの鬼ヶ島か!?」

グスカスも聞いたことがあった。

東の端には、鬼のように強いモンスターがうじゃうじゃいる、鬼の島があると。

そしてそこで暮らす人間もいる……と。

「すごいぞ！　天才だ！　我がギルドは天才を引き入れることができたぞ！」

試験官は大喜びしながら、ボブの手を握ってぶんぶんと振る。

「そんな天才じゃないですよ。あ、ほら次の人の番ですよね」

試験官が「ああ……」とテンションが下がったように言う。

「グスカス君。君の番だ」

「……お、おうよ」

グスカスは的の前にやってくる。ギルド支給品の剣を抜いて構える。

「俺様より目立ちやがって。あのモブやろう。まぁ見てろ、俺様の実力に腰抜かしやがれ！」

グスカスは剣を思い切り、振り下ろす。

「おらぁああああああああああ！」

ぺしんっ……！

「…………え、ザッコ」

受験者の魔法使いが、ぼそっと言った。

「う、うるせえ！　音の大きさは関係ないだろ！　そうだろ試験官!?」

「ボブ君。ぜひとも我がギルドに入ってくださいね。君にはS級の席を用意しよう！」

試験官はグスカスになんて見向きもせず、ボブを、自分の元へ引き入れようとしていた。

「おい！　聞けよ！　無視すんな！」

「あ、ああ……。えっと……グスカス……得点、２か。はぁ～～～～～～……………」

試験官が深くため息をつく。

「諦めろ。君には才能がない。即刻冒険者を辞めて別の仕事に就くといいよ」

グスカスは女神の加護を失っているので、かつてのような強い力を出せないのである。

「ま、待ってください！」

バッ……！　ボブが両手を広げて、グスカスの前にやってきたのだ。

「まだ組み手の試験が残ってます！　それをしないで落とすのは……おかしいと思います！」

「いやねボブ君、彼はあまりに弱すぎる。職業もないんじゃこの先やってけないよ」

「グスカスさんはまだ闘気を使ってない！　つまりまだ本気じゃないってことです。ですよね!?」

キラキラとした目を、ボブがグスカスに向けてくる。

「闘気なんて自分の村では赤ちゃんだって使えました。グスカスさんも当然使えますよね！」

……ここで使えない、なんて言えなかった。そんな雰囲気じゃなかった。

「お、おうともよ！」

だからつい、見栄を張ってしまった。

「じゃあ次の組み手は自分とやりましょう！」

「は……え……？　お、おうよ！　かかってこい！」

「はいっ！」

グスカスとボブが、グラウンド中央に移動。

「これより組み手試験を始める。……グスカス、悪いことは言わない、今棄権しろ、な？　雑魚のおまえには無理だから。最悪死ぬから。やめとけって」

試験官が、グスカスをバカにしながら言う。勝つことを1ミリも期待されていない。

「うっ、うっ、うるせえ！　や、やんぞごらぁ！」

裏返った声でグスカスが言う。腰が完全に引けていた。

「よろしくお願いします！　自分も……全力でいきます！」

ごぉおおおおおおおおおおおおおおおおおお！！！

ボブの体から、すさまじい量の闘気が噴出した。

グスカスはそれだけで……膝が震え出す。

ボブは体を沈めると、ドンッ……！

「たぁあああああああああああああああああああああああ！！！！」

闘気を腕に集中させて、すさまじい勢いで、こちらに突っ込んでくる。

グスカスの脳裏に、死のイメージがよぎる。

それは魔王と対峙したときに感じたのと、同じレベルの恐怖を感じた。

「ひぎぃいいいい！　参った！　降参だぁあああああああ！」

少年が突っ込んできただけで、グスカスの戦意は、完全に砕け散ってしまったのである。

だがボブは聞こえていないらしかった。

「くらえ、スゴイぱ――――――――んち！」

どごぉぉおおおおおおおおおおおおおおおおおおおん！！！！！

ボブのパンチが、グスカスの体に当たる。木の葉のように吹っ飛ぶグスカス。

後ろの壁に、グスカスが激突。

……そのまま彼は、壁に埋まって、失神した。

「あわわ……ご、ごめんなさい」

ボブが駆け寄ってくる。

グスカスを壁から引き剝がすと、彼に闘気の治癒術を施す。

死に体だったグスカスの体が、一瞬にして完全回復した。

「な、なんだそれはぁ!?」

「え、闘気を応用した治癒術です。こんなの……一般教養ですよね？」

きょとん、と首をかしげるボブ。

「いやいやいやおかしいよおかしいよ！」

「え、弱すぎてってことですか？」

グスカスは……ボブを、バケモノを見上げながら、こう叫んだ。

「強すぎんだよぉおおおおおおおおおおおおおおおお！」

……余談だがグスカスはいちおう、冒険者として登録ができた。

グスカスは本来落第点だったのだが、ボブが彼も冒険者にしてくれと頼んだところ、あっさりオッケーされたらしい。だが実に惨めな気分になるグスカスだった。

9話　英雄、旅に出る

二月初頭。

俺は店を休み、店員たちを連れて、旅行に出かけていた。

前々から企画していた、隣国ネログーマへ向かう。

「ふぁー……のどかだなぁ～……」

幌つきの馬車に、俺たちは乗っている。

馬車はゆったりと東へ向かって進んでいた。

「おとーしゃん、のどかですね！」

俺の膝の上に乗っているのは、金髪の幼女タイガ。

獣耳としっぽがピクピクと楽しそうに動く。

「お、タイガさんもそう思いますか？」

「うん！　ところでのどかって、なぁに～？」

「そうだなぁ、キャスコ先生に聞いてみようか」

「うん！」

タイガは立ち上がると、俺の真横に座る少女の膝に乗る。

「ねーねーキャスちゃん！」

「……はい、なんですか、タイガちゃん？」

「のどかって、なんですかー？」

「……そうですね。何もなく、平和ってことです」

「おー！　へいわですか！　それはとても良いことですな！」

タイガはぴょんっ、と飛び上がり、今度は俺の左隣に座る少女の膝に着地。

「ねーねーハルちゃん」

「ん？　なぁに、タイガちゃん」

ハルコが、タイガに微笑みかける。

「ハルちゃんは……のどかっていみ、しってる？」

きらん、とタイガが目を光らせて言う。

「んー、おら難しいことわからないな。教えてタイガちゃん」

「んもー、しかたないなぁ。ハルちゃん友達だから、おしえてあげる！」

タイガは得意げに言う。

「へいわですねー、っていみです！」

「わぁ……！　そうなんだに。タイガちゃんは、物知りだに～♡」

「えへ～♡　でっしょ～♡　あたちものしり！」

ぴょんっ、とタイガが俺の膝の上に乗る。

「あたち、物知り？」

「そうだなぁ。さすがタイガさんだ。物知りだぜ」

「えへへっ！　もー！　おとーしゃんってばほめじょーず！」

「お、そんな難しいことも知ってるのか。タイガは頭が良いなぁ～」

わしゃわしゃ、と娘の頭をなでる。

タイガのしっぽが、ぶんぶんぶん！　とうれしそうに左右に振れた。

「ところで……ハルちゃん、キャスコ？」

「「はい？」」

「座席はいっぱい空いてるだけど、どうして真横にぴったり座ってるの？」

馬車は、冒険者ギルドのギルドマスター・ユリアが手配してくれた。

普段世話になっているからと、立派な幌つきの馬車を貸し切ってくれたのである。

なかは広く、座席も多い。

だというのに、ハルコたち二人ともぴったり寄り添っている。

「……お気になさらず！　ね、ハルちゃん？」

「え、あ、うん！　はい！　気にしないでくださいほんと！」

「いやでもなぁ……」

二人はかなり密着している。

キャスコのムチッとした太ももとか、ハルコの張りのある乳房とか、そういうのが惜しみなく当たっているのだ。

「うう……キャスちゃん……おら……恥ずかしいよぅ……」

「……何を恥ずかしがってるのですか！　そんなのでへこたれていては、意中の人を喜ばせられるわけないですよ!?　ガンガン責めないとダメです！」

「うう……。えっと、ジュードさん。暑苦しいですよね、こんなぷくぷくの女がそばにいて」

濡れた目でハルコが俺を見上げる。

「そんなことないよ。それにぷくぷくなんかじゃない。健康的でいいことだと俺は思うね」

「はぅ……♡　ジュードさん……♡」

かぁ、とハルコが耳の先まで真っ赤にする。

「……そこですハルちゃん！　そこでガバッと！　そこでぐいっと！」

「ハルちゃんごーごー！」

逆サイドの二人が、ハルコに応援を送る。

「うう……えぇっと……え、えいやっ」

ハルコが俺の腕を、なぜだかつかもうとした……そのときだ。

俺は立ち上がる。

スカッ、とハルコの手が空を切り、そのまま倒れる。

「ご、ごめんハルちゃん！　大丈夫かい？」

「は、はひ……」

俺はハルコの手を引いて、立ち上がらせる。

「ケガはないか？」

「大丈夫です。でも……どうしたんですか、ジュードさん？」

「ん？　ちょっと厄介ごとかな。キャスコ、二人をよろしく」

俺はそう言って、窓ぎわに足をかける。

「きゃ、キャスちゃん？　ジュードさんどうしたのかや？」

「……おそらくは、またお節介だと思います」

ふぅ、とキャスコがため息をつく。

「……敵ですか？」

「ああ。ちょっと離れたところで、モンスターに襲われているみたいなんだ」

俺の職業《ジョブ》は【指導者《リーダー》】。

相手の能力を向上させる代わりに、能力をコピーさせてもらえる。

俺は複数のスキルを所有しており、その一つ【索敵】スキルに魔物の反応があったのだ。

「……せっかくの休みなのですから、もっとゆっくりすればいいのに。護衛もいるでしょうし」

「そうなんだけどなぁー……。すまんね」

俺はそう言って、窓から飛び降りる。

そのまま【高速移動】のスキルを使って、モンスターの気配がある方へと向かう。

俺たちからかなり離れたところに、馬車の列があった。どうやら商人のキャラバンみたいだ。

「くそっ！　オーガだ！　どうしてこんなところに!?」

護衛である冒険者たちが、大鬼《オーガ》と対峙している。

ただ少し苦戦してるようだった。

「クソ！　もうダメだ！」

オーガが、一人の冒険者に斬りかかろうとする。

俺は高速移動しながら、【ステェタスの窓】から魔剣を取り出す。

彼らの間を、疾風のように駆け抜ける。

そしてオーガの脇をすり抜けざまに、全員の胴体を真っ二つにしたのだ。

「へ……？」「なんだ……？」「いったい何が……？」

ぽかんとする冒険者たち。

「大丈夫かー？」

「「「あなたは……英雄さん!!」」」

「ありゃ？　なんで知ってるの？」

冒険者たちが、キラキラした目を向けて、俺に駆け寄ってくる。

「そりゃ有名ですよ！」

「王都を救った英雄ジュードさんですよね！」

「うっわすげえ！　本物だ！　さ、サインください！」

どうやらこの間の王都での一件が、冒険者の間でも伝わってしまったらしい。

あれだけ派手にすれば、そりゃ知られてしまうか。

「みんなは商人たちにケガがないかの確認と、他に敵が現れないか注意してくれ」

「英雄さんは何を？」

「俺は残りを片付ける」

オーガの気配は、まだする。おそらく今倒したのは先遣隊だ。

俺はキャラバンの馬車の、荷台の上に乗る。

「ごめんよ。ちょっと足場貸してくれ」

「いいですけど……何をなさるおつもりで？」

「ん？　ちょっと殲滅《せんめつ》」

スキルで索敵したところ、前方の遠く、山のなかにオーガの大軍が潜伏しているようだ。

「タイガ、ちょっと力借りるぞ」

俺の娘タイガは、雷獣という、とても強いモンスターだ。

彼女が持っていたスキルを、俺はコピーさせてもらっている。

スッ……と前方、遠くの山に向けて右手を差し出す。

【獣神の豪雷】。雷獣の持つ雷が、俺の右手から放出される。

どっごぉおおおおおおおおおおおおおおおおおおおん！！！！！

凄まじい雷鳴と、地鳴り。豪雷が通った後には、何も残らなかった。

「よし、掃除完了」

山もちょっと削れてしまったが、スキルで直せる範囲内だ。

「「…………」」

ぽかーん、とした表情の冒険者たち。

「騒がして申し訳ない。怪我人はいないか？」

こくこく、と全員がうなずく。

「そりゃ良かった。そんじゃな」

俺は豪雷の通った後を、【高速移動】で走る。

走りながら、【修復】スキルを使用。

これは壊れた無機物を元通りにするスキルだ。焼け焦げた地面や、削れた森を修復していく。

「うん、これでオッケー。さて、帰るかー」

とそのときだった。

ふわり……と、誰かが上空から降りてきたのだ。

「……ジュードさん。お迎えに上がりました」

箒に乗ったキャスコが、微笑みながら、降りてきた。

「おー、キャスコ。助かる～」

俺はひょいっ、と彼女の後ろに乗る。

箒が持ち上がり、俺たちの馬車へ向かって飛んでいく。

「……まったく、あなたって人は、本当にお人好しなんですから」

呆れたように、キャスコがため息をつく。

「……どうして自分と全く無関係の人たちを助けるのです？」

「いやぁ、ほっとけないだろ」

ちなみに俺がえぐった山に住んでいた動物たちは、オーガにおびえて退避していたらしい。

みんな無事だった。

「……文句一つ言わずに、後処理をする。ほんと、お人好しで素敵な人です♡」

ふふっ、とキャスコが微笑む。

「……そんなあなたが大好きです♡」

キャスコが後ろに体重を乗せてくる。

彼女の髪から、いい匂いがする。

「キャスコ、飛ぶのに集中してくれよー。落ちたら大変だ」

「……大丈夫です。もうしばらく、こうして二人きりの時間を楽しみましょう♡」

そんなふうに、ゆったりとした速度で、俺たちは馬車の元へと帰ったのだった。

10話　勇者グスカスは、力量を見誤って失敗する

ジュードが旅行へと出発した、一方その頃。

冒険者となったグスカスは、依頼を受けに、ギルド会館へと足を運んでいた。

ホール内には数多くの冒険者たちが、依頼を受けようとしたり、あるいは併設する酒場で酒を飲んだりしていた。

「「「…………」」」

ギルドにグスカスが入った瞬間、辺りが静まりかえった。

冒険者たちからの視線をグスカスは受ける。

「……おい、あいつだぞ。試験に落ちたくせに、ズルして受かったっていう口だけ野郎は」

ピクッ！　とグスカスは周囲の声に、耳をそばだてる。

「……落ちたのにどうして冒険者をやってるんだ」

「……それがこの間入った超期待の新人がいただろ？　そいつの強い推薦があって、お情けでギルドに入れてもらったらしい」

「……知ってる！　十五歳のSランク冒険者だろ！　自分より年下の人間に情けをかけてもらうとかってマジかよ。恥ずかしくないのかね？」

「う、うるせえ！！！」

グスカスは、ひそひそ話をする冒険者たちに向かって叫ぶ。

「俺様が真の実力を発揮してれば、あんな試験、余裕で通ってたんだよ！」

魔王という強大な敵と互角に渡り合うだけの力が、以前のグスカスにはあった。

……しかし、年末の王都での事件後、グスカスの持っていた勇者の力は剝奪された。

現在、グスカスは並以下の、へたしたら子供よりも弱い存在へと成り下がっている。

「Sランク冒険者なんて余裕でなれるっつーの！　見てろよ三下ども！」

ニヤッと笑ってグスカスがギルド内を歩く。

「……あいつ、試験落ちるほど弱いくせに、なんであんだけ自信満々なんだ？」

「……きっと身の程を知らねえんだろ。うわーかわいそう」

雑魚どもをよそに、グスカスは受付へ向かう。

カウンターには受付嬢が並んでいた。グスカスは近くにいた受付嬢の元へ行く。

「おら平民のブス女。俺様の実力に見合った最高の依頼を出しな。秒で片付けてきてやるぜ」

「……か、かしこまりました」

受付嬢が眉間をぴくつかせながら、カウンターの裏へと消えていく。

ややあって、依頼書を手に受付嬢が戻ってくる。

「あなたの今の実力に見合った、依頼を見繕ってきました」

グスカスは受付嬢から、乱暴に依頼書を奪い取る。

「さぁて、俺様にぴったりのクエストは……Aランクモンスターの討伐か？　それとも難度Sのダンジョンの踏破？　んなもんどっちも楽勝でこなしてやるぜ」

なにせこっちは魔王という、SSSランクとされる敵と戦う、勇者パーティのメンバーなのだ。

冒険者のクエストなんて、以前の彼にとっては子供のお使いレベルである。

「…………は？　なんだよ、これ？」

「今のグスカス様にぴったりの依頼ですけど」

「ふざ、ふざけんなよ！！！！」

グスカスは受付嬢に依頼書を投げつける。

だが紙なのでぶつかることなく、中を舞い、近くにいた冒険者の足下へと落ちる。

「なんだなんだ……って、ぷっ、こ、こりゃ……」

冒険者が依頼書を見て、吹き込む。

「み、見ろよ、この依頼書……ぷぷっ！」

依頼書を拾った冒険者が、バカにしたように、近くにいた知り合いの冒険者に渡す。

「ぎゃははっ！　な、なんだこりゃー！」

「ま、【迷子になった犬を捜してくる】依頼。ぷっ、ぷぎゃはははは っ！」

かぁ……！　とグスカスの頬が熱くなる。

「い、犬の捜索って！　子供でもできるぞそんなのよぉ！」

「し、しかも他が、【落とし物ひろい】に【隣町までお使い】だって！　おいおい冒険者ギルドは、いつから子供のお使いギルドになったんですかぁ〜？」

グスカスは受付嬢に詰め寄る。

「やいてめえ！　ふざけたもん持ってくるんじゃあねえよ！　ちゃんとしたの持ってこい！」

だが受付嬢は涼しい顔で答える。

「いえ、純粋に、グスカス様の実力に見合っていると判断した依頼を持ってきました」

「「「ぎゃははははは っ！！！！」」」

受付嬢の受け答えを聞いて、さらに周囲が爆笑する。

「あ、あんだけ大口叩いといて、ぴったりな仕事が、い、犬の捜索だって！」

「あーあー！　なるほどねぇ。そりゃあたいした実力の持ち主だわ！」

グスカスはギリッ、と歯ぎしりする。

「う、うるせえうるせえうるせえ────！」

だんだんだん！　とグスカスがその場で地団駄を踏む。

だが誰一人として、萎縮することもなかった。

グスカスが冒険者たちからバカにされていた、そのときだ。

「あ！　グスカスさんじゃないですかっ！」

ギルドの入り口から、幼い子供の、甲高い声がしたではないか。

「……ぼ、【ボブ】」

グスカスは額に汗をたらしながら、今しがたやってきた少年を見やる。

「はいっ！　ボブです！　名前覚えてくれてたんですね！　感激だなぁ……」

少年ボブが、グスカスの元へとやってくる。

「グスカスさん、今から仕事ですか？　奇遇ですね！　自分もこれから仕事なんです！」

ボブは受付嬢に挨拶をする。

「おはようございますボブ様。こちらあなたへの依頼となっております」

受付嬢が、ボブに紙の束を渡す。

「こんなにたくさん。まいったなぁ、全部こなせるかな。グスカスさんはどんな仕事です？」

「そ、そりゃあ俺様の実力に合った、すげえクエストだよ！」

「へえ！　そうなんですね！　きっとすごいんだろうなぁ……」

キラキラとした、無垢な瞳を、ボブがグスカスに向けてくる。

背後で冒険者たちが笑いをこらえているのが見えて、不愉快だった。

ガッ！　とグスカスは、ボブの依頼書の、一番上にあった紙を手にする。

「あ、あのグスカスさん？」

「この依頼、俺様が引き受けてやるぜ」

それはSランクモンスターを討伐せよ、という内容の依頼書だ。

最底辺の実力しかないグスカスがすれば、当然、命をあっさり落とす依頼。

「手伝ってくださりありがとうございますグスカスさん！　助かります！」

「ふ、ふんっ！　別にてめえのためじゃねえ。俺様の実力に合った仕事をするだけだ」

グスカスは、依頼書を手にギルドを去る。

「今に見てろ。こんなもん余裕で倒してきてやるよ！　覚えとけモブ冒険者ども！」

☆

ボブからSランクの依頼を無理やり奪い、グスカスはクエストに出発した。

今回は、Sランクモンスター・九頭《ナインヘッド》バジリスクの討伐。

グスカスは現在、街を出る馬車に乗っていた。

九頭バジリスクは西方で目撃情報がある。近くの街まで、馬車で運んでもらう途中だった。

「見てろよ、こんなヘビ、俺様が楽勝でぶっ殺してやるぜ！」

と息巻いていた、そのときだった。

「お客さん！　すまねえ！　敵だ！」

馬車を運転する御者が叫ぶ。

「あ？　バジリスクがもう出たのかよ？」

荷台の窓から、緊張の面持ちで、外を見やる。

「……なんだ、ゴブリンかよ」

人間の子供くらいの大きさ。緑色の肌。つるりとした頭。そして手には棍棒を持っている。

「ゴブリンくらいでいちいち騒ぐなっつーの。大げさだなタコが」

グスカスは窓から顔を引っ込めて、どかっと偉そうに、荷台の席に座り込む。

「とっとと馬車を出せよ」

「し、しかしお客さん……モンスターが道をふさいで馬車が動かせません」

「チッ……！　ったく、これだから戦う力のねえ雑魚はよぉ。しゃーねーなぁ」

グスカスは立ち上がると、剣を手にして、荷台から悠々と降りる。

相手はゴブリン。Eランク程度の、雑魚だ。

「俺様は勇者だぜ？　高レベルの魔物との戦いは日常茶飯事だった。ゴブリンなんぞワンパンよ」

グスカスは余裕をぶっこきながら、ゴブリンに対峙する。

「ＧＥＧＥＧＥ……！」

しゃら……っとグスカスが、剣を優雅に、鞘から取り出す。

「お、お客さん、お気をつけて！」

「うっせえ！　ったく、こんな雑魚さっさと殺して、とっとと本命ぶっ倒してやんぜ～」

グスカスは剣を片手に、ゴブリンに斬りかかる。

「おら！　死ねえ！」

グスカスは片手剣を振り上げ、ゴブリンの脳天めがけて、振り下ろす。

かつーん。

「…………は？」「へ？」「ＧＩ？」

グスカスも、御者も、そしてゴブリンさえも、驚いていた。

グスカスの振り下ろした剣が、ゴブリンの棍棒とぶつかったあと、宙を舞ったのだ。

「え……おっそ……」

御者が、グスカスの剣技を見て、素直にそうもらした。

「う、うるせえ！　助けてもらう側のくせに文句言うんじゃねえ！」

グスカスは飛んでいった剣を、慌てて回収する。

「さ、さっきのはちょっと失敗しただけだ！　今度こそ！　おらぁ死ねぇい！」

グスカスは剣を手に、ゴブリンめがけて走り出す。

だがゴブリンはそれをひょいっと避けると、足を前に出し、グスカスの足をひっかける。

「ガッ……！」

ズシャアッ……！！

グスカスは無様に、顔から地面に突っ伏した。

「っつ～……。くそが……グハッ！」

ゴブリンの棍棒が、グスカスの後頭部を強打した。

「て、てめえ～……やりやがったな……ウギッ！　ガハッ！」

「GEGIっ！　GIGI～！」

ガンガンガンッ！　とゴブリンがグスカスめがけて、棍棒を何度も振り下ろす。

「痛え！　や、やめろ！　やめやがれ！　お、俺様を誰だと！　んぎっ！」

ガンッ！　ガンッ！　ガンッ！

何度もグスカスは、ゴブリンに脳天を叩かれた。

抵抗しようと試みたが、ゴブリンの方が腕力で勝っており、どうすることもできなかった。

「もう……やめて。許してください、お願いしますぅ～」

何度も体中をぶっ叩かれたグスカスは、すでに戦意を喪失していた。

だがゴブリンは棍棒を、思い切り振り上げる。

そして勢いよく振り下ろす。だがいつまでたっても痛みが襲ってこない。

グスカスが恐る恐る目を開ける。

「ぼ、ボブ！　てめえ！　何してやがる！」

「ちょうど通りかかったんです。苦戦しているようでしたので！　助太刀します！」

ボブはグスカスをお姫様抱っこしていた。

どうやらこのガキが、グスカスの窮地を救ってくれたらしい。

ボブはグスカスを降ろす。

「見たこともない小鬼め！　グスカスさんをいじめるなんて許せない！　はぁあああ！」

ボブは気合いを入れると、彼の体から、黄金の闘気《オーラ》が立ち上る。

「くらえ！　闘気砲《オーラ・キャノン》！！！！」

ボブは片手に闘気を集中させ、それをゴブリンめがけて放出する。

凄まじい破壊の光線が、前方にいるゴブリンを包む。

ジュッ……！　という音とともに、ゴブリンはあっさりと消滅したのだった。

「…………」

ボブの出した闘気砲は、ゴブリンを消し炭にした後、遠くの山まで飛ばす。

そして山の山頂部分を、ごりっと削っていった。

「あわわ、またやっちゃいました。失敗失敗」

「お坊ちゃん！」

御者がボブめがけて走ってくる。

「いやぁ助かりました！　正直今乗っていた方が弱すぎてねえ……」

ちらっ、と御者がグスカスを見て、ふんっ、と鼻で笑う。

ふらつきながら、グスカスが立ち上がる。

御者が、汚物を見るような目でグスカスを見てきた。

いたたまれなくなって、グスカスはその場から逃げようとする。

「九頭バジリスク退治に行くんですよね！　自分もおともします！」

どうやらこのボブ、あんなにたくさんあった依頼をこなしてきたようだ。

「う、うるせえ！　ついてくんな！」

「二人で戦った方が楽に倒せますよ！」

グスカスは手に持っている依頼書を、ボブに投げつける。

「そんなにやりてえならてめえ一人でやってこい！」

グスカスはそう言って、ボロボロの状態で、その場から逃げる。

……Eランクのゴブリンにすら、負けてしまった。

「ちくしょう……間違ってやがる……こんなの……間違ってる……」

グスカスは惨めだった。

自分より年下なやつに助けられた。ゴブリン程度に後れを取ってしまった。

きっとこの失敗は、あのモブ御者を通じて、広まってしまうだろう。

息巻いて出て行ったのに、ゴブリン程度にやられたと、冒険者ギルドでバカにされてしまう。

「ちくしょう……認めない……こんなの、認めねえぞ、ちくしょお～……」

11話　英雄、九つ首の大蛇を倒す

俺がオーガたちを討伐し、キャスコの箒に乗せてもらい、馬車へ帰ろうとしたそのときだ。

新しい敵の気配を、【索敵】スキルで探知したのだ。

キャスコに頼み、帰る前にそこへ寄ってもらう。

「……まったく、あなたって人は」

俺の前に座るキャスコが、ふぅ……と悩ましげにため息をつく。

「ごめんってキャスコ」

「……旅行先に着いたら、人助けは自重してくださいね」

「それは……善処します」

「……よろしい。ふふっ♡」

向かっているのは、俺が壊し、修復した山の向こう側。

そこから大きな敵の気配を感じたのだ。

「……敵は？」

「たぶんSSランク程度のモンスターだな。俺一人で倒せるよ」

モンスターの強さの等級は、S、SS、SSSと上がっていく。

SSSは魔王レベル。勇者パーティで挑まなければ勝てない相手。

だが一ランク下のSSなら、俺たちのパーティメンバーなら単体撃破は可能だ。

ややあって、俺はそいつを見つけた。

山のようにでかい蛇だ。蛇の首は、九つあった。

「……九頭《ナインヘッド》バジリスクですね。強力な毒のブレスを使います」

「おっけー。じゃあキャスコはここで待機な」

キャスコが首を振る。

「……私もお手伝いします。毒のブレスを使うなら、私の風魔法で」

「何言ってるんだ。ブレスを使うならなおのこと、おまえにまで被害が及んだら大変だろ？」

俺は箒の上に立ち上がり、キャスコの銀髪をなでる。

「おまえは後で俺の帰りを待っててくれ」

「……いつまでも、子供扱いしないでください」

「違うよ。大事だから、傷ついて欲しくないだけだよ」

するとキャスコが、ふふっと微笑んだ。

「……いってらっしゃい」

「ん。いってくるなー」

俺は【高速移動】スキルを発動。脚力が超強化される。

箒から飛び降り、地上へと着地。そのまま敵に向かって走る。

「GURＯＯＯＯＯＯＯＯＯＯＯＯＯＯＯＯ！」

「うわー。間近で見るとでっけえなこいつ」

なにせ山と同じくらい大きな蛇が、九匹いるからな。

「GURＯＯＯＯＯＯＯＯＯＯＯＯＯＯＯＯ！」

バジリスクの一匹が、俺を捕捉すると、俺めがけて毒ブレスを放ってきた。

ぶしゃぁああああああああああああ！

俺は【ステェタスの窓】を開き、【インベントリ】から、魔剣を取り出す。

毒ブレスが俺めがけて、波濤のように押し寄せてくる。

「ほいっと」

俺は魔剣に魔力を入れて、軽く振る。

すぱぁあああああああああああああああああん！！！

剣の風圧によって、毒ブレスがいっきに晴れた。そのまま首の一本を断ち切る。

「あと八本。さて……」

俺は【見抜く目】を発動。すぐにそいつを見つけた。

俺が察知したのは、このでかい蛇と、それと戦う一人の子供の気配だった。

俺は素早く彼の元へと向かう。

「う……うう……」

そこにいたのは、黒髪の少年だった。

俺はすぐ、倒れ伏す少年に、【見抜く目】を使って状態を確認する。

強力な麻痺毒だった。

「良かった、即死の毒じゃなくて。待ってな、すぐ解毒してやるから」

俺は少年を背負う。

「うちの賢者様は魔法のエキスパートだからな。すぐに楽になれるよ」

「あ……う……に、げて……」

少年がおびえた目で、俺に訴えかける。

「あんなバケモノ……かないっこない……自分も……歯が、立たなかった……」

「いやまぁ、あれは大丈夫だよ。むしろ俺は君の麻痺毒の方が心配だ」

「いや……なにいって……あんなバケモノ……勝てっこない」

「バケモノ？　まあ……うん、大丈夫だよ。俺、バケモノ退治、慣れてるから」

俺は少年を背負った状態で会話する。

「ＧＩＳＨＡＡＡＡＡＡＡＡＡＡＡ！！！！」

蛇の首が二つ、俺めがけて突進してくる。

「あぶ……ない！」

「ん？　よっと」

俺はひょいっと軽くその場で跳躍。

蛇の攻撃をひらりとかわすと、その頭の上に乗る。

「ちょっと揺れるぞ。ほいっ」

俺は片手で魔剣を握り、
ザシュッ……！

「それ、もういっちょ！」

ザシュッ……！

軽く魔剣を振るうと、バジリスクの首が二つ、切断される。

「うそ……。あんなに……強いのに……いちげきで……？」

「GISHAAAAAAAAAA！！！！！」

首を合計で三つ失って、バジリスクが痛みでもだえていた。

「ごめんなー、ちょっと麻痺を我慢できるか？　サクッとこいつら倒すからさ」

目を丸くする少年を背負いながら、俺は走る。

なるべく彼の負担にならないよう、速度を制限する。バジリスクの首を伝って走る。

ザシュッ……！

「これであと五つ」

走りながら首を切る。

図体のデカい敵は、魔法より、速度を生かして削っていく方がいい。

ザシュッ！

「あと四」

ザシュザシュッ！

「あと二」

俺は走りながら、片手で魔剣を振る。

背負っている彼に負担がかからないよう、慎重にね。

首は残り二本。

「GISHAAAAAAAAAAAA！！！！」

バジリスクは二本の首をそらし、毒ブレスを俺めがけて放つ。

思い切り剣を振るうわけにはいかなかったので、ブレスをそのまま受ける。

「終わり……だ……麻痺をくらって……食べられちゃう……」

「少年、大丈夫か？　麻痺つらくないかー？」

背負っている彼が、目を大きく見開いている。

「な……んで？　どう……して？　平気……？」

「まあ、この程度の麻痺毒なんて、魔王の使う呪毒と比べたら可愛いもんだよ」

俺には騎士オキシーからコピーさせてもらった、【麻痺耐性】のスキルがある。

SSランク程度の麻痺毒は、俺には効果がないのだ。

「ちょっとピリッとくるけど、ま、問題なしだよ」

「すご……いです……」

「いえいえ。さて、ちゃちゃっと片付けて帰りますか。ちょっと揺れるけど我慢してなー」

俺は飛び上がり、魔剣に魔力を込める。

素早くバジリスクの背後に回り、剣を振る。

スパアアアアアアン！

ひと振りで、二つの首を落とした。

あんまり揺らさないように注意しながら、俺はふわりと着地する。

「ふぃー……。おーい、キャスコ～」

俺は上空で待機していたキャスコに、手を振る。

彼女は箒を操り、俺たちの目の前に着陸した。

「この子、麻痺毒受けてるんだ。解毒してあげてくれ」

俺は少年を地面に寝かせる。

キャスコはすぐに、解毒の魔法を使った。たちまち、少年の顔色が良くなる。

ややあって、彼は体を起こした。

「大丈夫か？　麻痺残ってないか？」

「は、はい……大丈夫、です。元気……です」

「そうか？　無理しなくていいんだぞ」

「……もう、無理してるのはあなたでしょっ。あなたも麻痺毒を受けてるんですから、ほら、解毒しますからこっち来てくださいっ」

キャスコが柳眉を逆立てながら、俺の腕を引っ張る。

「いや俺は大丈夫だってー」

「……黙って！　もうっ！　いっつも自分のことは後回しにするんですから！」

「ごめんなー」

ややあって、俺の治療も完了する。

治療ってほどたいしたケガ受けてないけどね。

「さて……っと。少年。名前は？」

「………………」

少年は、俺にキラキラとした目を向けてくる。

「少年？」

「あ、えっと！　自分……ボブっていいます！」

黒髪少年ことボブは、バッ……！　と頭を下げる。

「助けていただき……ありがとうございました！」

「いやいや。君が無事で良かったよ」

バッ！　と顔を上げる。

「すごいです！　あなた……ちょーすごいです！」

「いやいやぁ。照れますな」

「あんなバケモノを軽く倒してしまうなんて！　しかも！　自分のことよりも、救助を優先するなんて！　本当にすごいです！　かっこいいです！」

「よせやい。照れるぜ」

若い子に褒められるのって気恥ずかしい。

けど……別に俺は褒められるようなことしてないんだけどなぁ……。

「すごい！　すごい！　自分が見たなかで一番強いです！　名前を教えてください！」

「俺か？　俺はジュード。君を治療したお姉さんはキャスコ」

「ジュードさん！　いや……師匠！」

ガシッ！　とボブが俺の手を握る。

「師匠？」

「はい！　自分、あなたの弟子になりたいです！　あなたのように、強い人になりたいです！」

ふぅむ……どうするかね？

12話　英雄、無自覚最強を鍛える

九頭《ナインヘッド》バジリスクを倒した。

バジリスクに襲われていたのは、黒髪で、線の細い少年のボブ。

キースも華奢だったが、ボブもまたそのような姿をしている。

白い肌、黒いつややかな髪。

手足はすらりとしていてしなやかだ。

顔が小さく、目がぱっちりしている。二重まぶたに八重歯がじつに愛らしい。

「師匠！　ジュード師匠！　お願いです！　弟子にしてください！」

俺たちがいるのは、ネログーマに向かう途中の草原。

ボブは俺の前で、頭を深々と下げた。

「弟子なー。俺は弟子を取れるほどの人間じゃないぞ」

「ジュード師匠はすごい人です！　強いし！　かっこいいし！　けど偉ぶらないし！」

「いやはや。よせやい。そんなもんじゃないよ」

「自分の師匠はジュード師匠しかいません！　お願います！　弟子にしてください！」

「そう言ってもなぁ……俺、我流だしな」

俺の戦闘技術は、戦っていくウチに自然と身についた物だ。

流派があるわけではないので、教えを請われても、何を教えればいいんだって話である。

「そこをなんとか！　お願いします！」

「そうだな。じゃあ君のチカラを見せて。ダメなとこを指摘しよう。俺は目だけはいいんだ」

俺の職業は【指導者《リーダー》】。

見抜く目といって、秘められたあらゆる情報《もの》を見抜くことができる。

戦い方を指導できないが、この子の弱点を見抜いて教えてあげることはできる。

「それでいいです！　お願いします！」

バッ……！　とボブが俺から、一瞬で距離を取る。

「師匠……全力で、お願いします」

「そりゃ無理だ。よそ様のお子さんを傷つけたら、親御さんに申し訳ない」

「わかりました。でも、自分は本気で行きます！　絶対に本気を出させてやる！」

ゴッ……！　とボブ少年の体から、何かが噴き出す。

【見抜く目】によると、それは【闘気《オーラ》】と呼ばれるものらしい。

魔力みたいなもので、体を強化させる効果があるそうだ。なるほどねー。

「だぁあああああ！」

彼の体が、一瞬で消える。

一足飛びで、俺の懐まで入ってきたようだ。なかなかのスピード。

「くらえええええええええ！」

ブンッ！

スカッ……！

「いいパンチだ。けど大ぶりだな」

俺は体の軸をずらし、彼の攻撃を避ける。

ボブの腕をつかんで、ぽーいっと投げる。

彼は面白いように飛んでいった。

「な、なんで……!?」

「攻撃が前のめりすぎるぞ。だからこうやってそのチカラを逆に利用されちゃうんだ」

何も難しいことをしたわけじゃない。

一直線でやってきた彼の力の向きを、ちょっとずらしただけだ。

「くそっ！」

彼は空中で体をひねり、キレイに着地する。

「うん、受け身はいいね。体捌きはなかなかだ」

「ありがとうございます！　だぁあああああああああああ！」

彼がまた一直線に跳んでくる。

俺は同じように、体の軸をそらし、ぽーいと投げる。

ボブは木の葉のように飛んでいき、また着地。

「どうして!?」

「猪突猛進過ぎる。君は通常攻撃が一撃必殺だ。けど強すぎるゆえに、攻撃が大味になっている。対人格闘なら、接近して小技を繰り出す方がいいよ」

ボブはぎゅっ、と唇をかみしめる。

「……たしかに、おじいちゃんからも、同じことを言われました」

「でしょ？　素早さを活用して接近攻撃してごらん」

ボブは力強くうなずくと、俺に接近してくる。

すぐに俺の目の前にやってくる。うん、素直で良い子だ。きっと強くなる。

「たぁっ！　りゃあ！」

「脇を締めるんだ。体を前のめりにしない。小さく速くを心がけな」

「はいっ！」

俺が教えたことを、ボブはすぐに吸収する。

「これが天才ってやつかー。すげえ子だなぁー」

俺はボブの小技を回避しながら、しみじみと思う。

「……何を言ってるんでしょうね、あの人は」

ちょっと離れたところで、キャスコが呆れたようにため息をついていた。

数十分後。

「ぜえ……はぁ……はぁ……」

ボブは地面に仰向けに倒れた。汗びっしょりだった。

「お疲れさん。良かったぜ。俺が見た生徒たちのなかでも、トップクラスだよ」

「ありがとう……ございます……」

こんなに才能があふれていて、しかもまだまだ伸びしろがある。

鍛えればもっと強くなる。

「だいぶ大振りじゃなくなってきたけど、まだまだ基礎体力がなってないなぁ」

「うう……精進します……」

「君にぴったりの練習メニュー考えたから、それを実践するといいよ。ええっと」

「……はいはい。メモ帳ですね」

キャスコがいずこから、メモ帳とペンを取り出して、俺に渡してくる。

「さっすがキャスコ。頼りになるなぁ」

「……その言葉はそっくりあなたに返します」

苦笑いするキャスコ。

俺はメモ帳にトレーニングメニューを書く。

「ほい、これ練習メニューと要点まとめておいたから、やってみな。君ならあっという間に俺より強くなれるよ」

「すごい……すごいすごいすごい！」

ボブはメモ帳を受け取ると、キラキラした目を俺に向けてくる。

「ジュード師匠！　強いしかっこいいし、見ず知らずの自分にこんなに優しくしてくれて……ほんとすごいです！」

「やめてくれよー。照れるぜ」

若い子に褒められると、気恥ずかしくなるよな。

「ジュード師匠は、自分が出会ったなかで、最高の人格者です！　あなたはまるで、話に伝え聞いた【王都の英雄さん】のようです！」

おや？

「ん？　ボブ、それって……？」

「ギルドで聞いたんです。王都でモンスターがあふれる騒動があったとき、その騒動を単独で収めて、しかも半壊した王都復興のボランティアを率先してやったという……最高の御方、それが【王都の英雄さん】だって！」

「あー……」

「……あなたってば、本当に有名人になってしまったんですね♡　私、鼻が高いです♡」

うふふ、とキャスコが上品に微笑む。

「え……？　あの、キャスコさん。今のってどういう……？」

ボブがキャスコに尋ねる。

俺は、あんまり目立つのが嫌だったので、キャスコに口止めしようとした。

「……この人が、王都の英雄さん本人ですよ♡」

キャスコがハッキリと、そう言った。

「こらこらキャスコ。どうしていっちゃうんだよ」

「……私、たくさんの人に、ジュードさんのこと、好きになってもらいたいんです」

そういえば以前、キャスコが言っていた。

指導者ジューダスは、魔王を前に逃げた裏切り者であると、世間の人たちが思っているのが、心苦しいと。

だから、俺が周囲から認められるのが、うれしいと。

「いやまぁ……けどなぁ……」

するとボブが、俺を見て驚愕の表情を浮かべる。

「えー!?　じゅ、ジュード師匠が、英雄さんだったんですってぇえええええええええ！」

ほあー！　とボブが口を大きく開けて、俺を見上げる。

その目は、星空のようにキラキラしていた。

「すごいすごー――――い！　本当に尊敬しちゃいます！　すごすぎますよジュード師匠！」

「いやいや。そんなことないって」

「いやいやいや！　そんなことありますって！　すごい！　本物だ！　本物の英雄がいるー！」

ボブは俺の手を握ってくる。

「ジュード師匠は噂に聞いていたとおりの人です！　あなたは自分の英雄です！　あなたのような強い人になりたいです！」

「そっかー。じゃあ基礎練がんばるんだぞ」

「そうすればジュード師匠みたいな、強くてかっこ良くて素敵な大人になれますかっ!?」

「俺がそんな人間かはさておきだな。君は英雄になれるよ。俺なんかよりもずっとすごいね」

ボブは感極まったような表情になると、俺に抱きついてきた。

「自分……ジュード師匠、大好きです！」

「……あらあら♡　ジュードさんってば、モテモテですね」

「いやはや、照れますなぁ」

ボブは俺から離れると、バッ……！　と頭を下げる。

「師匠！　自分、師匠に言われたとおり、まずは基礎練から始めてみます！」

バッ……！　と頭を上げる。

その目はキラキラと……いや、ギラギラと燃えたぎっていた。

「まだ自分はジュード師匠に直接指導してもらえるほど、強くない。だから！　基礎練ちゃんとやって、強くなったら！　そのときは、弟子にしてください！」

バッ！　とまたボブが頭を下げる。

「いいよ。まあ、そのときにはすでに、君は俺を超えてると思うけどね」

「ご謙遜を！　自分があなたを超えられるわけないですよ」

「やる前から諦めなさんな。自分を小さくする必要なんてない。子供はでっかく夢を見ないと」

ボブは太陽のように明るい笑みを浮かべると、

「はいっ！　がんばります！」

「おう。がんばれ。で、ボブ。近くの街まで送ってあげるよ。ついておいで」

「いや！　走って帰ります！　特訓です！」

ふんすふんす、と鼻息荒くボブが言う。

「そうかい。じゃあがんばりなさいな」

「はいっ！　ジュード師匠はこれからどちらに？」

「ネログーマの【エバシマ】って街に向かっているんだ」

「ああ！　自分もそこで宿を取ってます！　時間が合ったら、会いに行っていいですか!?」

「おうさ。いつでも」

ボブは頭を下げると、すごい速さで走り去っていった。

「いやぁ……若さだなぁ」

「……ジュードさん、おじさんみたいですよ」

キャスコが俺の隣で微笑む。

「いやぁ、もういい年のおっさんだよ」

「……そんなことないです♡　素敵で、大人の男性です……♡」

ぴったり、とキャスコが俺に寄り添う。

「しかしボブ少年は、いい子だったなぁ」

キャスコが、目を丸くする。

「……ジュードさん、何言ってるんですか？」

「え、何って？　さっきの彼のことだよ」

「……彼？」

はぁ……とキャスコが深く、ため息をついた。

「……ジュードさん。本当に、鈍感すぎます」

「え？　何なに？」

「……知りません。自分で考えてください。帰りますよ」

キャスコが箒を手にして言う。

「……私、ハルちゃんだけで十分なので。あまりメンバーは増やしたくないんです」

「なんの話だよー。教えてくれよー」

しかし結局、キャスコは最後まで、なんのことなのか教えてくれないのだった。

13話　英雄、海難救助する

獣人国ネログーマへ向かう道中、馬車のなかにて。

「ねーねーハルちゃん、じゅーちんこくって、どんなとこー？」

膝上に乗るタイガが、ハルコに尋ねる。

「じゅーちんこくじゃないよタイガちゃん。獣人国だに」

「そうそれ！　どんなとこ？」

「ううーん……おらわからないなぁ」

ハルコが太めの眉を八の字にする。

「おら、田舎からほとんど出たことがなくて、外国って行ったことなかったんだに」

「おー！　それは……きぐーですね！　あたちもいったことない！」

「ねー、奇遇だね～」

うふふ、と笑うハルコとタイガ。

「タイガちゃん、こういうときは賢いキャスちゃんに聞くのはどうかや？」

「それな！　キャスちゃん！　おしえて～！」

ぴょんっ、とタイガが立ち上がり、キャスコの膝上に座る。

銀髪の美少女は、タイガの頭をなでながら、説明する。

「……獣人国ネログーマ。私たちの国ゲータニィガの東側にある国です。最大の特徴は獣人さんたちが住んでいること。それと水がとても豊富にあるお国ってことですね」

キャスコは、タイガにもわかりやすい言葉を選んで、説明する。

「おとーしゃん、じゅーじんさんって、なんですかー？」

「動物の耳とかしっぽがついている人たちだぞ」

「ハッ……！　それって……もしや……あたち？」

タイガには猫のような尖った耳と、くねくね動く尻尾が生えている。

「んー、正確に言うと違うんだろうけど……ま、そんな感じだ」

タイガは雷獣というSランクモンスターの子供だ。

この子は【人化《じんか》】スキル、つまりは人間に擬態化する能力を使っている。

その名残で猫耳猫尻尾が生えているだけだから、獣人たちとはちょっと違う。

「そんなかんじかっ！　ハルちゃん、あたち……じゅーじんさんだった！」

「わー！　いいなぁ。おらね、獣人さん大好き♡　しっぽとか耳とか可愛いよね～♡」

ハルコはニコニコ笑いながら、タイガの耳をつつく。

「いまのって、もしかして……あたちのこと好きってこと？」

「もちろん、そうだに～♡」

「わーい♡　あたちもハルちゃん大好き～♡」

むぎゅーっ、と二人が抱き合う。

キャスコはその姿を微笑ましい目で見ていた。

「……ほら、タイガちゃん。お外見てください。海ですよ」

「うみ？　はて、なんでしょー？」

タイガが窓から顔を出すと、猫尻尾がぴーんと立つ。

「でっけぇ――――――――！」

タイガがオレンジ色の目をキラキラと輝かせる。

馬車は海沿いの道に来たようだ。窓の外には広い海が広がっている。

水面は日の光を受けてキラキラ輝き、ときおり水面からパシャッ……と魚たちが飛び跳ねていた。

「ハルちゃんたいへん！　おみずが、あーんなにっ！」

「すごいねタイガちゃん、アレが海だって！　わー！　おら、海なんて見るの、初めてだに～！」

きゃっきゃ、と二人が実に楽しそうに海岸を見やる。

「キャスちゃん、あれがうみですかっ！」

「……ええ。あそこにお魚さんがいて、それを取る漁師さんがいるんですよ。ネログーマは別名

【水の国】や【海沿いの国】と呼ばれています。夏になれば海水浴客で賑わいますね」

「海水浴！　したいー！」」

「こらこら、季節を考えないとだめだぞー。今は冬だからなー」

日増しに暖かくなってきたとはいえ、まだ年が明けてから二か月程しか経っていない。

「この時季の海はとっても寒いぞ〜。風邪引いちゃうから、海に入るのはまた今度な」

「「ふぁーい……」」

実に残念そうに、ハルコたちがつぶやいた……そのときだ。

「……ん？　なんだ、誰か……溺れてる？」

「えっ？　どこどこ、ジュードさん、どこですか？」

ハルコには見えてないようだ。

俺は【見抜く目】を発動。

これはあらゆる情報を見抜く力以外にも、視力を強化して、遠方を見やる力もある。

沖合で、誰かが溺れていた。

「キャスコ、頼む」

「……もう。わかりました」

キャスコは箒を取り出して、魔法で風を発生させる。

窓の外でキャスコは待機。

俺は窓から出て、彼女の後ろに乗る。

「ごめん、ちょっと行ってくる。ハルちゃん、タイガをよろしく」

「はいっ！　いってらっしゃい！」

「おとーしゃんがんばってー！」

俺はうなずくと、キャスコが箒を操作する。

目的地は溺れている人の元だ。

「……あなたってば、本当によくトラブルに出遭いますね」

キャスコが小さく吐息をつく。

「困っている人が目についちゃうんだよなぁ」

「……呼吸するように人助けするんですから。ほんと……素敵です、大好き♡」

ややあって、俺たちは溺れそうになっている人の元へとやってきた。

「ちょっと行ってくる。キャスコは上で待機」

俺はシャツを脱いで、ひょいっと海に飛び込む。

結構……いや、かなり冷たかった。

だが俺には【船長《キャプテン》】の職業《ジョブ》を持つ知り合いがいた。

彼は【海難救助】というスキルを持っていた。

泳ぎの技能に補正がかかり、なおかつ水で体温が下がらないという結構便利なスキルがある。

それのおかげで、俺は冬の海に入っても平気だった。

「おーい、大丈夫か？」

「あっぷ……あっぷ……げほっ、た、助けて……」

溺れていたのは獣人の男性だった。

俺は彼に肩を貸す。

「もう大丈夫。寒かったろ？」

「ああ……ありが……と……」

がくっ、と獣人が気を失う。

俺に助けられて、気が抜けたんだろうな。

「おーい、キャスコ～」

キャスコが水面ギリギリまで、箒の高度を下げてくる。

「先にこの人を馬車まで運んであげてくれ。それ三人は乗れないだろ？」

「……そうですけど、でも、ジュードさんが」

「俺は大丈夫だからさ。キャスコ、頼む」

「……はい♡　すぐ戻ってきますから、いい子で待っててくださいね♡」

キャスコはあきれたように、しかし苦笑いすると、獣人を乗せてその場を後にした。

「さて……と。俺は【こっち】の相手をしますかー」

そう、なぜ獣人が溺れていたのか？

このくそ寒い冬の海で、まさか海水浴などするわけがない。

ではどうしてか？

「さっきの人、漁師だったんだな。船を【こいつ】に沈められたか」

そのとき、俺の足に、何か柔らかいものが絡みつく。

そして、グッ……！　と一気に水中へと引きずり込まれた。

すさまじいスピードで海底へと引っ張られていく。

俺の足には【吸盤のついた足】が絡みついていた。

【ステェタスの窓】を開き、【インベントリ】から魔剣を取り出す。

スパンッ……！

俺は絡みつく【敵】の足を切断する。

たこ……？　いや、イカかな？

『GUBOOOOOOOOOOOOO!!』

水中に、くぐもったうめき声が響く。

【見抜く目】を使い、敵の正体を見やる。

『クラーケン。Sランク。海底に住む巨大な水棲モンスター。長い足を伸ばして、船を破壊しエサを捕獲する』

つまりさっきの獣人は船乗りで、クラーケンに船を沈められたのだろう。
船に一人で乗っていたなんて、考えにくい。
……すまん、イカくんよ。
君に恨みはないが、困っている人はほっとけないんだ。
『GUBOOOOOOOOOOOO!!』
クラーケンが触手を俺に伸ばしてくる。
その足を、俺は素早い動きで、泳いで回避した。
『GUBOOO!?』
悪いな、【海難救助】スキルのほかに、【水中移動】スキルも持っているんだ。
俺の職業は【指導者】。
仲間を強くする代わりに、仲間の能力の六割をコピーさせてもらえる力を持つ。
【水中移動】は【船長】の持つスキルの一つだ。
俺は通常ではあり得ない速さで、水のなかをまるで魚のように動く。
触手の間をすり抜けて、巨大イカの間合いに入る。
……悪く思うなよ。
俺は魔剣を手に持って、剣を振るう。
スパァアアアアアアアアアアン！

水中戦も経験があるからな。

水のなかでも剣を振る技術が俺にはあるのだ。

俺の剣はイカを両断した。

切断面から、船員数名がまろび出る。

さっきの獣人の船の船員《クルー》たちだろう。

俺は彼らを両脇に抱えて、水上へと向かう。

「プハッ……！　ふぃ～。ちょっと息苦しかったなー」

【見抜く目】で船員たちの状態を確認。

気絶してるだけだった。

「……ジュードさん」

「おっ、キャスコ～。こっちこっち～。この人らも頼むわ」

箒に乗ったキャスコが、俺を見てため息をついた。

キャスコは俺の言いつけ通り、水難者たちを優先して救助した。

最後に、俺を乗せて、馬車へと向かう。

「……敵がいるなら、どうして私を頼ってくれなかったのですか？」

「ん？　いやほら、二月の海は寒いからさ。キャスコが風邪引いたら大変だろ？」

それに気配から、俺一人で十分対処可能な相手だってわかっていたからな。

「……もう、本当にお人好しなんですから。けどあなたに風邪を引かれたらこっちが困ります」

「俺は別に風邪を引いてもいいけど、おまえは女の子だろ?」

「……あなたのそういうとこ……大好きです」

キャスコは困ったような表情になるが、しかしほおを赤らめて、笑うのだった。

14話　英雄、魚人の群れを退ける

俺がクラーケンを討伐した後。

海岸沿いの道路わきに馬車を止め、俺たちは休憩していた。

「いやぁ、旦那。ありがとうございました！　なんてお礼を言っていいやら」

先程助けた獣人の男が、ぺこぺこと頭を下げる。

「お礼なんていらないよー。大したことしてないし」

「いやいや、すごいですよ旦那！　クラーケンっていえばSランクのモンスター。それを単独で倒すなんて！　なかなかできることじゃない！」

他の船員たちも、そうだそうだとうなずく。

「おれにはわかる、あんたがただものじゃあないってことを！」

「いやいや、ただのおっさんだよ」

「「いやいやないない」」

船員も、そしてハルコたちも、そろって首を横に振った。

「おとーしゃん、だいじょうぶ？　お風邪ひいてませんかー？」

娘のタイガが心配して、俺の膝上に乗ってくる。

俺はさっき、二月の冷たい海に飛び込んだばかりだからな。

タイガは風邪を引かないか気にかけてくれているのだろう。優しい子だ。

「おー、全然平気だよ。心配かけてごめんなー」

わしゃわしゃ、とタイガの頭をなでる。

俺は船員たちとたき火を囲んでいる。

毛布でくるまり、火に当たっている。

「……ハルちゃん、これはチャンスですよ」

キャスコとハルコが、俺からちょっと離れた場所で、ぼしょぼしょと何事かを話している。

「……濡れた体を温めあう。これは非常時、非常時ですから！」

「……え、ええー。おら、は、恥ずかしいよぅ」

「……何も恥ずかしがることはありません。非常時ですから！」

「そ、うだね……ひ、非常時だもんね！」

うんうん、とハルコたちがうなずきあっている。

「ところで旦那は、これからどちらに？」

「ネログーマの【エバシマ】ってところに行くつもりだよ」

「そりゃいい！　実はおれエバシマで飯屋やってるんだ！　ぜひとも飯をおごらせてくれ！」

獣人の男が俺の手をガシっと握る。

「気にすんなって。そんなお礼されるようなことしてないからさー」

「何をおっしゃる！　おれたちの命の恩人じゃねえか！　恩には礼を尽くす！　ネログーマ人なら常識だ！　だから頼む、お礼させてくれ！」

そういえば獣人は律儀なやつが多かったなー。そんなの別にいいのに。

しかしまあ、せっかくの行為を無下にするわけにもいかんな。

「わかった。じゃあお言葉に甘えさせてもらうよ。その代わり、エバシマまで一緒に行こうぜ？馬車はまだ乗れるしさ」

「それはありがたい！　ほんと旦那はいい人だ。あんたのようないい人は、初めて会ったよ」

「いやぁ、照れますなぁ」

と獣人たちとぬくぬく暖を取りながら、会話していたそのときだ。

ハルコが俺に近づいてきた。なぜか、毛布で体をくるんでいる。

「ジュードさんっ！」

「んー？　どうしたのハルちゃん、そのかっこうは？」

「あの……えっと……お体、冷たそう……だから、温めようかな……と」

ハルコはうつむき、もにょもにょと口を動かして言う。

顔が耳の先まで真っ赤だ。頭から湯気が出ている。

「お茶でも煎れてくれたの？　ありがとー」

「ち、違う……おら、おらが……あ、温め……うう、無理ぃ～！」

ハルコが脱兎のごとく、その場から離れようとしたそのときだ。

ビョォッ！　と、一陣の風が吹いた。

「ふぇ……？」

毛布の端っこが、チラッとめくれた。

「は、ハルちゃん？　なんで、毛布の下、何も着てないの……？」

真っ白なお腹と、そして下乳が見えた。ブラはつけていなかった……。

「あうあう……あううう～～～～」

「……ジュードさん、説明しましょう」

キャスコがハルコの隣にやってきて言う。

「……古来、体を温めるときは、裸で抱き合うと決まっているのです」

「変なことハルちゃんに吹き込むなよー。真に受けちゃったじゃんか」

「……いいや、これは嘘ではありません。さっ、私も準備できてますよっ」

よく見るとキャスコも毛布で体をくるんでいた。

まさか彼女も半裸なのか？

「おいてめーら、旦那がお連れさんとお楽しみするそうだ、ちょっとお暇するぞ！」

「いやいやそんなことしなくていいから」

「「いやいやお気になさらず！」」

ハルコとキャスコが、毛布一枚の姿で、俺に詰め寄ってくる。

「……さっ、ジュードさん。抱き合いましょう♡」

「じゅ、ジュードさん……おらの体で、気持ちよくなって欲しいだに……」

じりじり、とハルコたちが近づいてくる。

「嫁入り前の女の子が、簡単に男に肌をさらしちゃいけないよ？」

「……大丈夫です！　ジュードさんになら、見られても。ねっ、ハルちゃん！」

「うぇ!?　は、恥ずかし……」

「……ハルちゃんもオッケーだそうです！　据え膳食わぬは男の恥と言います！　さぁ！」

意外とキャスコはぐいぐい来るんだよなー、と思っていたそのときだ。

「すまん二人とも、海岸沿いに敵が現れたからちょっと行ってくるな」

俺は毛布を脱いで、生乾きのシャツを羽織って、その場を後にする。

街道を外れ、浜辺までやって来る。

「ＧＹＡＹＧＡ！」

「あれは、魚人《サハギン》だな」

文字通り人間サイズの魚が、二足歩行している魚人型モンスターだ。

手には三叉の矛を持って、砂浜をえっちらおっちらと歩いてくる。

「んー？　けど魚人って寒い時季は海から出てこないんじゃなかったか……？　まあ、いいか。ほっとくと危なそうだし、やるかー」

俺は魔剣を取り出し、魚人めがけて軽く走る。

向こうが俺に気づいた瞬間。

スパッ！　と剣で魚人を真っ二つにした。

「ふぃー。さて、戻る……って、んん？　なんだ……海からなんかくるな」

最初は魚の群れが泳いでいるのかと思った。

しかし魚が岸へ向かっては来ないだろう。

近づくにつれて、それが魚人たちの群れであることに気づいた。

「ううーん、ますますおかしいな」

俺は魔剣を手に、軽く横に斬って払う。

すっぱぁあああああああああああん！

魚人の群れは今の一撃で、全員が真っ二つになった。

俺は剣を納めて、首をかしげながらみんなの元へ戻る。

「おいーっす。片付けてきたよー」

「あ、あんた……やっぱりすごいな！」

漁師の獣人が、俺に駆けてきて、手を握って振る。

「魚人を一撃で倒すなんて、すごい！」

「やっぱただものじゃなかった！　さすが旦那だぜ！」

わぁわぁ、と獣人たちが歓声を上げる。

「どもども。それより変じゃないか？」

俺はぷかぷかと海上に浮く魚人の死体を見て言う。

「魚人ってこの時季、海の底でおとなしくしてる気がするんだが」

「そのとおりだ旦那、けど、最近じゃ珍しくないんだよ」

「というと？」

獣人が険しい表情で続ける。

「どうも最近、海の様子がおかしいんだよ。水棲モンスターが活発化してる」

漁師たちがうんうんとうなずく。

「さっきのクラーケンだってそうだ。あんなバケモノ、本来はもっと沖の方で出るって話だぜ」

「そのせいで魚の取れる数が減ってきてるんだ。まったく、困ったもんだよ！」

「ふぅむ、なるほど……そんなことが。原因はなんだろうな？」

「「「さぁ？」」」

漁師たちがそろって首をかしげる。

「噂じゃ海底にダンジョンができたって聞くぜ」

「まじか。それが本当なら、厄介だなぁ」

「ま、ただの噂話だよ。根拠はどこにもないさ」

漁師たちがため息をつく。

ううーん、真偽のほどはともかく、漁師のみんなが困っているのをなんとかしてやりたいなぁ。

「ところで、旦那。美女たちがお待ちだぜ！」

獣人がキラキラ目を輝かせて、俺に言う。

ハルコたちは毛布にくるまった状態で、正座して俺の帰りを待っていた。

「ええっと、ええーっと……もうちょっと海を調べてこようかなーなんて」

「いや旦那、今はそのときじゃないだろ。今はほら、据え膳据え膳！」

なんでか知らないけど、獣人たちがわくわくした表情で俺を見やる。

「ここで逃げたら男がすたりますぜ！」

「え、ええー……そうかな？」

「「そうそう！　ほら、行った行った！」」

獣人たちに背中を押され、俺はハルコたちの元へ向かっていった。

「た、ただいまー」

元英雄は平民として暮らしたい
motoeiyuuwa heimintoshite kurashitai
勇者パーティを理不尽に追い出された俺。
これを機に田舎で暮らし始めたけど、周りが
俺をほっといてくれない
茨木野
ill・teffish
初回版限定
封入
購入者特典
特別書き下ろし。
英雄、幼い賢者の悩みを聞く
EARTH STAR NOVEL

英雄、幼い賢者の悩みを聞く

それはまだ、俺が勇者パーティに居た頃、キャスコがまだ幼い頃の話だ。

王城の、教練場にて。

「あら？　キャスコー？」

今日はキャスコの訓練の日だった。

しかし、彼女の姿は見えない。

「サボる子でもないしなぁ。どこいった？」

俺は少し考えて、彼女の部屋へと向かった。

「キャスコー。いるかー？」

ドア越しに彼女を呼ぶ。

賢者様の気配を感じはするが、出てきてはくれない。

「なにか、悩みでもあるのか？」

『……どうして？』

ぽつり、とキャスコの声が向こうから聞こえてくる。

「真面目で優しいおまえが訓練をサボるとは思えない。なんか辛いことがあったんだろ？」

キャスコの返事はなかった。

ただ、部屋の鍵が開いたのがわかった。

俺がなかに入ると、キャスコはベッドの上で三角座りをしていた。

【解錠《アンロック》】の魔法か。器用だなぁ。さすがキャスコだ」

「…………」

キャスコの表情は晴れない。

俺は彼女の隣に座り、頭を撫でる。

すると彼女は俺に近づいてきて、腰にしがみつく。

「なにかあった？」

「……はい」

話を聞くと、どうやら昨日の訓練の時、俺に魔法をぶつけてしまったことを気に病んでいるらしい。

「なぁんだ、そんなこと気にしてたのか。その後ちゃんとおまえに治癒魔法かけてもらったじゃないか」

それにぶつかったと言っても、右手を少し火傷したくらいだった。

「……ごめんなさい」

「いいっていいって」

そう言えば昨日も、何度も謝っていたな。ケアしたつもりだったけど、予想以上に気にしていたようだ。

「……わたし、怖いです」

「怖い？」

「……自分の使っているこの力が、怖いです」

つまり、魔法の力のことを言っているのだろう。

キャスコの持つ【賢者】の職業は、並外れた魔力量と、魔法への適性を与える。

下級の魔法ですら、兵器に匹敵する威力を発揮するからな。

「そうだよな。怖くて当然だ。それにおまえは優しい子だもんな。辛いことさせて、すまないな」

「……じゅ、ジューダスさんが、謝ることじゃないです。わたしは、勇者パーティのメンバーなんです。魔王を倒すのが仕事……」

それはまるで、自分に言い聞かせているように見えた。痛ましい姿だ。

俺はキャスコをひょいっと持ち上げる。

「ひゃっ」

「よいしょー。軽いなぁ。ちゃんと御飯食べてるか？」

俺はキャスコを抱っこして、よしよしと頭を撫でる。

「キャスコ。確かにおまえは勇者パーティの一員だ。けどそれ以前にまだまだ子供なんだ。使命とかそんなこと考えなくて良いんだよ」

「……でも、でもぉ」

「グスカスを見てみろって。あいつ全然勇者がどうの世界を救うのがどうのなんて考えてないぜ？　子供は、あれくらい脳天気で良いんだよ」

キャスコは頭の良い子だ。子供の思考を持ち合わせていない。だから、余計なことまで考えてしまうのだ。

「キャスコ、責任を果たそうとするその心構えは立派だよ。けどおまえはそれに押しつぶされそうになってる。それはいけないよ」

「……だって、わたしは、賢者だから。責任を、果たさないと」

「そりゃ違うよ。おまえはキャスコ。俺の可愛い教え子だよ」

俺は彼女の頭を撫でながら、笑いかける。

「じゅーだすさぁん……」

ぐすん、ぐすん……とキャスコが鼻をすする。

「いたくして、ごめんねぇ……」

「気にすんなって。子供は失敗するもんだ。いっぱい失敗しなさい」

「……でも、また傷つけたら」

「傷つけないように訓練すれば良いさ。そのために訓練するんだから。な？」

キャスコの涙を、俺は指で拭う。

彼女は顔を上げると、笑って言う。

「はいっ」

「ん。良い子だ。訓練いけるか？」

こくり、とキャスコがうなずく。

彼女を下ろそうとしたそのときだ。

「……やぁ」

キャスコが、俺の胸にしがみついてきたのだ。

「どうした？」

「……このままが、いいです」

「あいよ。じゃあこのまま教練場いこうか」

こくこく、とキャスコがうなずく。

俺は彼女を抱っこした状態で、部屋を出る。

「……ジューダスさん」

「ん？」

「……すき、です」

「おう、俺も大好きだよー」

「……伝わってない。ぜんぜん。はぁ」

よくわからんが、キャスコがため息をついていた。

「……いつか、ちゃんとこの思い、伝わってくれると、いいなぁ」

「んー？　何の話だぁ」

キャスコはすねてしまったのか、それ以上何も言わなかった。

俺はキャスコには、もっと子供っぽい一面を見せて欲しいと、そう思うのだった。

「お、おかえりなさい……です」

「……さっ、ジュードさん。温め合いましょう♡」

ぴらっ、とキャスコが毛布の前を開く。

「……大丈夫です、やましいことは何もしません！　温めるだけですから、健全！」

「いやぁ遠慮しておく……は、はくしゅっ！」

「……ほらぁ！　冷えてますよ！　さぁ、はやく、お早く！」

キャスコがふすふすと鼻息荒く言う。

昔は引っ込み思案な子だったのに、今ではすっかり元気になってるな。

積極的になるのはいいことだとは思うけど、ちょっとぐいぐい来すぎじゃありません？

まあ、でもここで彼女たちの厚意を無下にするのも……うーん。

「わ、わかったよ」

俺はキャスコたちの隣に座り、濡れたシャツを脱ぐ。

「……失礼しますっ♡」

キャスコが俺に密着する。

彼女の肌は、吸い付くようであった。

ぴったりとくっついて、柔らかく、それでいてみずみずしい。

「し、失礼しましゅ……」

ハルコは消え入りそうな声で、キャスコと逆側に座る。

説明が不要なほど、ハルコの乳房は大きかった。

なぜか俺の腕を胸で挟み込むようにして、俺に抱き着く。

「ど、どうですか……？」

「あ、ああ……とっても温かくて、気持ちがいいよ」

「え、えへへ～、良かったぁ……♡」

なんだか気恥ずかしかった。

ハルコはぷにぷにと柔らかく、キャスコはぷりぷりで張りがあって気持ちがいい。

そして二人とも、びっくりするくらい温かいのだ。

「……ほら、心地いいでしょう？」

「ああ、冷えた体があったまるよ。ごめんな、キャスコ。まじめに俺の体のこと考えてくれてたのに、変な勘繰りしちゃってさ」

「……お気になさらず。そして……いいんですよ？」

ちらちら、とキャスコが期待のまなざしを俺に向けてくる。

「んー？　何が？」

「……初めては、お外でも、私は一向にかまいません。ね、ハルちゃん？」

「ふしゅぅ～……」

ハルコはキャパオーバーしたのか、目をグルグル巻きにして気絶していた。

ちなみにタイガは、俺の体に寄り添ってくぅくぅと眠っている。

「子供がいるからなしの方向で」

「……おあずけですか。ジュードさんの、いけず」

頬を膨らますキャスコの頭を、俺はなでる。

「ちゃんとケジメをつけたいんだ。わかってくれよ」

「……ジュードさんの律儀で優しいところ、大好きですっ♡」

15話　勇者グスカスは、ボブから見放される

ジュードが漁師を助けた、一方その頃。

元勇者グスカスは、エバシマ行きの馬車に乗っていた。

「もー！　グスカスさん、同じ方向に行くなら言ってくださいよ！　水くさいじゃないですかぁ」

グスカスの正面に座るのは、小柄で黒髪のボブだ。

太陽のように明るく無邪気な笑みを向ける。

なぜ今こうなっているのか。

グスカスはゴブリンにボコボコにされ、瀕死のところをボブに救出された。

その後ボブと別れ、歩いてエバシマまで戻ろうとした。

だが体はボロボロ。

街に戻る体力がなく、うずくまっていたところ、ボブを乗せた馬車が通りかかった。

そして二人は同じ馬車に乗って、獣人国ネログーマの街エバシマを目指していた。

「その……なんだ、悪かったな、馬車乗せてもらってよ。いちおう感謝してやるよ」

「気にしないでください！　困っている人がいたら助ける！　ジュード師匠の教えです！」

ピクッ……！　とグスカスの眉間にしわが寄る。

「ジュード……師匠だぁ……？」

指導者のジューダスの偽名だ。

彼はパーティを追放された後、名前を変えている。王都での事件でそのことを知った。

「強くてかっこよくて、でもぜんぜん偉ぶらない、自分の師匠のことです！」

「……ちっ！　あんなおっさんの、どこがかっこいいんだっつーの」

グスカスは苛立った。

ボブがあの憎たらしいおっさんに対して、好感情を向けていたからだ。

「あれ？　グスカスさん、もしかしてジュード師匠とお知り合いなんですか？」

「……まあ、古い知り合いだ」

「そうなのですか！　いいなぁ。師匠みたいな素晴らしい人と知り合いだったなんて」

かちんっ、ときた。

「どこが素晴らしいんだよ。雑魚のくせに偉そうなことばかり言いやがる、最低なやつだぜ」

むっ、とボブが顔をしかめる。

「グスカスさん、人の悪口は良くないですよ！」

ボブはどうやら、ジュードに心酔しているようだ。

何があったかは知らないが、自分が嫌っている相手が褒められると、いい気分にはならない。

「うるせぇよ！　俺様に命令すんじゃあねえ！」

グスカスはそっぽを向いて、目を閉じる。

ボブがグスカスを見やる。その目には落胆の色がありありと見えた。

「グスカスさんって、そういうこと言う人だったんですね……がっかりです」

「うるせえ！　誰がなんて言おうとなぁ、俺様はあの男が大嫌いなんだよ！」

☆

グスカスたちを乗せた馬車は、エバシマ付近までやってきていた。

徒歩ではきついこの道のりも、馬車だとそんなに時間がかからない。

街道横の海を見ながら、馬車が獣人国の街へと向かっていた、そのときだ。

「大変だ！　さ、魚人《サハギン》の大群が、漁師を襲っているぞ！」

御者が声を張り上げる。

グスカスは窓の外を見やる。

海辺に魚人の群れがいた。

漁師たちは必死になって船を操作し、逃げようとしている。

だが捕まるのは時間の問題に思えた。

「魚人ごときにびびってんじゃねーっつーの」

グスカスは興味なさげにつぶやき、窓から顔を戻す。

「た、大変だ！　御者のおじさん、馬車を止めてください！」

「わかった！」

御者が馬車を止める。

「おい！　何止めてんだよ！」

グスカスは御者めがけて叫ぶ。

「とっとと馬車動かせや！　到着が遅れるだろうがよぉ！」

すると御者も、そしてボブも、グスカスに対して侮蔑の表情を向ける。

「ンだよその顔はよぉっ！」

「本気で言ってるんですか？　人が襲われてるんですよ？　死ぬかもしれないんですよ？」

「あんなやつらがどうなろうと！　俺様の知ったことじゃあねーぜ！」

ボブが深々とため息をついた。

「……ほんと、こんな人とは思ってませんでしたよ」

「うっせえ！　おら御者！　予定通り街に着かなかったらクレーム入れるからな！」

御者がギリッ……と歯がみする。

「……御者さん。行ってください。自分がこのまま彼らを助け、街まで連れていきます」

「し、しかし……」

「いいんです。あなたは自分の仕事を全うしてください」

ボブは馬車から降りる。

「さっさと行って、自己満足の人助けでもしてこいや」

「……あなたって、ほんと、最低ですね」

だっ……！　とボブが烈風のごとく駆けていく。

あの調子ならすぐに、魚人たちの元へゆけるだろう。

「おいこら御者ぁ！　さっさと出せやごらぁ！」

御者は深々とため息をつき、「……くそ野郎だな、こいつ」と小さくつぶやく。

そして馬車が動き出す。

「あーあ、疲れた。さっさと帰ってゆっくり休みたいぜ……」

グスカスが座席に深々と腰かけて、目を閉じたそのときだ。

どがぁああああああああああん！

「な、なんだぁ!?」

突如として、激しい揺れを感じた。馬車の天地がひっくり返る。

グスカスは馬車の天井に、尻餅をついた。

「い、いてて……なんなんだよ……？」

「モンスターだ！　海から出てきたモンスターに襲われてる！」

グスカスは慌てて窓の外を見やる。

「なっ!?　り、リヴァイアサンだと!?」

海から顔を出していたのは、水竜リヴァイアサンだ。

「ば、バカな!?　なんでSランクのモンスターが、こんな浅瀬にいるんだよ!?」

馬車の荷台に、リヴァイアサンの尾が絡みついてる。

リヴァイアサンは長い尾を馬車に巻きつけ、そして海へと引っ張ってきたようだ。

荷台にはグスカスだけがいる。御者は途中で振り落とされたようだ。

グスカスは剣を抜く。がくがく……と膝が震えていた。

「こ、こんな雑魚……俺様がぶっ殺してやんよ！」

……脳裏に、ゴブリンにボコボコにされた記憶がよみがえる。

だがグスカスはかぶりを振る。

「アレは何かの間違いだった！　今度こそ！　勝利のときだ！」

グスカスは窓から踊り出て、リヴァイアサンの尾上に立つ。

「お、おらぁ！　し、し、死ねごらぁ！」

グスカスはリヴァイアサンの顔めがけて、走ろうとした。

つるっ……！

「あっ！」

足を滑らせたグスカスは、海面へと叩きつけられる。

どぽ――――――――ん！

「い、痛ぇ…………あっ」

海面から顔をのぞかせると、見上げるほど巨大な水竜が、グスカスを見下ろしていた。

「ひぎぃ……！！！　く、来るなぁ！」

グスカスが情けない声で叫び、ぶんぶんと剣を振る。

スポンッ……！

「け、剣が！」

だがこの時季の海は寒かった。

手がかじかんでしまい、剣がすっぽぬけてしまったのである。

「ＧＩＳＨＡＡＡＡＡＡＡＡＡＡＡＡＡＡＡ！！！！！」

「あ……ああ……あ……」

リヴァイアサンの目が、グスカスをロックオンする。

餌を食おうと、顔を近づけてきた。

「う、うわぁあああああああああ！」

グスカスは惨めに泣き叫びながら、泳いで逃げようとする。

だが水で暮らすモンスターに、泳ぎで勝てるわけもない。

「も、もう駄目だぁあああああああああ！」

と、そのときだ。

「てりゃぁあああああああああ！」

どがぁあああああああああああん！

突如として、リヴァイアサンが吹っ飛んだ。

グスカスの目には、水竜が何者かに蹴り飛ばされたように見えた。

「なんだ……って、ボブ！」

空中に、ボブがいた。

どういうわけかわからないが、ボブが宙に浮いている。

「どうしててめえがここにいやがる！」

「……漁師たちを助けてここへ来ました。大丈夫ですか？」

どうやらこいつが、リヴァイアサンを蹴り飛ばし、グスカスを救出したようだ。

「だっ、誰が助けてくれって頼んだ！　余計なことしやがって！」

「……別に、気になさらず。師匠に教わったことを実践しているだけです」

ギリッ……とグスカスは歯がみする。

ジュードの教えを守っているボブが大活躍して、彼の教えに背いているグスカスが、惨めな思いをしている。

……ジュードが正しかったように思えて、それがむかついた。

「GISHAAAAAAAAAAAAAAAAA！」

リヴァイアサンが水中から顔をのぞかせる。

ボブめがけて、襲い掛かろうとする。

だがボブは動じることなく、拳を握りしめ、水竜の懐へ潜り込んで殴る。

ドパァアアアアアアアアアアアアアアアン！

強烈な一撃を受けた水竜は、跡形もなく消し飛んだ。

「……ふぅ」

ボブは一息つくと空中を移動。振り落とされた御者を拾い上げ、街へ向かおうとする。

「お、おいボブ！　てめえ！　俺様も助けやがれ！」

ガチガチ……と震えながら、グスカスが叫び声を張り上げる。

二月の海は、容赦なくグスカスから体温を奪っていく。

ボブはグスカスをちらっ、と一瞥し、吐き捨てるように言う。

「……自分で泳いで帰れば？」

「なんだと!?」

「……あいにく、あなたのような最低な人間を、助ける気はさらさらありません」

ボブのグスカスを見る目は、あきらかに、こちらをさげすんでいた。

「……砂浜までそこまで離れてません。泳いで十分に帰れますよ。それでは」

「お、おい！　待てよ！　おい！　おいってば！」

ボブはダンッ！　と空気を蹴り、そのまま飛翔していく。あっという間に見えなくなった。

「くそが……！　なんだよ今までさんざん俺様になついてたくせに！　くそ！　くそ！」

誰もいない海に、グスカスの叫び声が響くのだった。

16話　英雄、水の街へ到着する

魚人《サハギン》の群れを討伐し、俺たちを乗せた馬車はネログーマを進んでいった。

「おとーしゃん……あたちね、いいたいこと、あります！」

俺の膝上で正座するタイガが言う。

「なんでしょう、タイガさん」

「おとーしゃんの目は、どうしていつも、トラブルをとらえちゃうのですか？」

ぴっ、とタイガが自分の尻尾で、俺の目を指す。

「そうだなぁ。なんでだろうね」

「おとーしゃんばっかりがんばってたら、いつかおとーしゃん、体をこわしちゃいます！　それは……イケナイと思います！」

ふんす、とタイガが鼻息荒く言う。

「……タイガちゃん、よく言いました。ほんと、その通りですよ、ジュードさん」

キャスコが心配そうに、眉をひそめる。

「……私たちは、困っている人を見過ごせない、あなたの優しい性格が大好きです。けどそれで体調を崩されては困ります」

「そ、そうだに！　ジュードさんがいなくなったら……おら……ぐすん……」

どうにもみんなを、不安がらせているらしい。

「ごめんなぁ」

俺はタイガの頭をよしよしとなでる。

「体調には気をつけるよ。けど……やっぱり困っている人はほっとけないんだ」

「どうしてー？」

タイガが俺を見上げる。

キャスコたちも俺に注目していた。

俺は、少し昔話をすることにした。

「昔、俺は孤児だった。俺を拾って育ててくれたのが、傭兵団のリーダーさんだったんだ」

俺はリーダーや傭兵団とともに、各地を回った。

「世の中にはたくさんの困っている人がいて、リーダーは彼らをいつも助けていた。時にはお金をもらわずに人助けすることもあってさ。なんでただ働きするんだって、昔聞いたことがあるんだ」

「なんでー？」

「自分も昔、誰かにそうやって優しくされて、今があるから。今度は自分の番だってね」

最初は、誰もが弱く、一人じゃ何もできない。

生まれたばかりだったころの俺たちは、誰かに優しくされ、助けられて育つ。

そして子供のころ受けた恩を、今度は誰かに返していく。

「かつて誰かにそうされたように、強く成長したら今度は誰かを助ける。そして助けられた人はまた別の人に……って、世界はぐるぐる回っているんだって、俺は学んだんだ」

俺はタイガの頭をポンポンなでる。

「俺は無理して人助けしてるんじゃあない。優しくされたら、その分だけ誰かを優しくする。これが自然なことなんだ。そのために女神様は、俺たちに【職業《ジョブ》】を与えたんだと思う」

まあ女神様に会ったことないので、本当のところはわからない。

けれど俺のなかではそうじゃないかという、確固たるものがあるのだ。

「……素敵な考え方です、さすがジュードさん♡」

キャスコはほおを赤らめて、俺の隣に座る。

「……私、ジュードさんみたいな、素晴らしい人の隣にいられること、とてもうれしいです」

「お、おらも！　ジュードさんと一緒にいられて……毎日とても幸せです！」

「あたちもー！　おとーしゃんだいすきー！」

むぎゅーっと少女たちが俺の体にしがみついてくる。

「いやぁ、旦那。立派な考え方だな！」

獣人の漁師たちが、うんうんと感心したようにうなずく。

「あんたほどの若さで、そこまでの人格者、なかなかいねえよ！」

「いやいやー、もう俺はおっさんですよー」

「おれから見たらあんたなんてまだまだ子供さ！」

エルフや獣人といった亜人種は、人間よりはるかに長命だ。たぶんこの獣人の漁師は俺の二倍くらい長く生きているだろう。

「おれも結構長く生きてきたが、旦那みたいな素晴らしい人は初めて見たよ！」

「いやはや、俺なんてまだまだだよ。けど、ありがとうな。うれしいよ」

そんなふうに、漁師たちとのんびり会話して過ごした。

ややあって。

「あー！　みてー！　街だよー！」

タイガが窓の外から身を乗り出して、前方を指さす。

遠くに街を囲む外壁が見えてきた。

「旦那、あそこがおれたち獣人国の王都、【エバシマ】ですぜ！」

道路脇に流れる大きな河川が、エバシマから伸びている。

川を上っていった先にあるのがあの街だ。

「山から下りてくる水が溜まってできた、湖の上に街が立っているんだ。エバシマの通称が【水の都】って言われるそのゆえんだね」

「ほえー！　みずーみ！　すごいすごい！　おとーしゃん、はやくみたい〜！」

タイガが窓から飛び出ようとする。

俺は後ろから抱きしめて、座らせる。

「もうちょっとで着くから、おとなしく座ってようなー」

「えー。あたちはやくいきたいよぅ」

ぷー、とタイガが不満そうにほおを膨らませる。

「先に行ったらハルちゃんが置いてけぼりになっちゃうだろー？　それはかわいそうだ」

「あー、そっかぁ。ハルちゃん足遅いもんねー」

うんうん、とタイガがうなずく。

「わかった！　おとーしゃんのいうことをきいて、おとなしく座ってます！」

「おっ、タイガは偉いなぁ。偉い偉い」

わしゃわしゃ、と俺はタイガの頭をなでる。

「タイガさんは……えらいですかっ？」

「うんっ♡　タイガちゃんは偉いさんだに！」

「……ええ、とても良い子です。偉い偉いです」

ふふっ、とタイガがうれしそうに笑う。

「おとーしゃんのいうこと守ったら、えらいっていわれた！　ありがとー！」

「タイガが偉かったから偉いって言われただけで、俺はなーんもしてないよー」

そんなふうにのんびり話していると、馬車はエバシマへと到着するのだった。

☆

俺たちは門をくぐって、外壁の内側へとやってきた。

「ほわー！　すっげー！　でっけー！　きれー！」

タイガが尻尾をぱたたたたっ、と小刻みに動かす。

「おとーしゃん……海だ！」

「海じゃないぞー。湖だ」

澄んだ湖面が辺り一面に広がっている。エバシマの街はその上に作られていた。

レンガ造りの道路の上に、同じくレンガの建物がきれいに立ち並んでいる。

ところどころに水路が見受けられる。

それは迷路のように、この街に張り巡らされていた。

水路の上にはアーチ状の橋が架かっている。

「この街は水路が発達してるから、街のなかの移動はアレを使うんだ」

獣人漁師が指さす先には、小さな舟が浮いていた。

「なにあれ！　なにあれー！」

タイガが目を宝石のように輝かせ、それを見やる。

「……アレはゴンドラという乗り物ですよ。数人で乗る手こぎのボートです」

入り口にはゴンドラ乗り場があり、そこからたくさんの船が出ていた。

船頭が長いオールを使い、それでゴンドラを動かしている。

「はえー……すごい人だに。お祭りでもあるのかや？」

ゴンドラ乗り場には、数多くの人たちが列をなしていた。

街を行き交う人々も多い。アーチの橋の上には多くの客がいて、その下をくぐるゴンドラを見て目を輝かせていた。

「……元々エバシマは観光地として有名ですからね。人も多いです。ただこの時季はハルちゃんが言うとおり、お祭りもありますし、特に混んでいるんです」

「こりゃゴンドラ乗るのに、時間かかりそうだなぁ」

と思っていた、そのときだ。

「旦那、こっちだ！　こっち！」

獣人の漁師が、俺を手招きする。彼の後をついて行く。

ゴンドラ乗り場から少し離れたところに、小屋があった。

「ここは漁師たちの寄り合い所さ。おーい、帰ったぞー」

寄り合い所の入り口には、同じく漁師らしき獣人たちが集まっていた。

「おい聞いたぞ、大変だったんだってな！」

「クラーケンに襲われて、よく無事だったなぁ」

どうやら通信魔法で、すでに先ほどの事件については報告が行っているらしい。

「ああ、けどこの兄ちゃんがおれたちを助けてくれたんだ！」

バシッ！　と獣人漁師が、俺の背中を叩く。

「まじか！　ありがとよー！」

わっ……！　と漁師たちが俺たちの元へ集まってくる。

「仲間を助けてくれてありがとな！」

「若いのにたいしたやつだ！」

「どうだい、うちの娘の旦那にならないかい？」

わぁわぁ、と獣人たちが俺に笑顔を向けてくる。

友好的なやつらが多いんだよなぁ。

「おっといけねえ、本題に入ろう。旦那たち、こっちだ」

獣人漁師に連れられてやってきたのは、寄り合い所の裏手だ。

そこには小さな船着き場があって、何艘《なんそう》かのゴンドラが置いてある。

「これはおれのゴンドラだ。旦那にこれをやる。ぜひ使ってくれや」

「え？　いや……それはできないよ」

「いいんだって！　おれぁあんたに命を救われたんだ！　ゴンドラくらい安いもんだ！　それにおれにはまだ何艘かあるしな」

「けど……これ一つだって高いもんだろ？　もらえないよ」

「いいっていいって！　もらってくれや！」

その後もいいよ、もらって、の押問答を繰り返した。

「……もう、ジュードさん。こういうときは、受け取らない方がかえって失礼ですよ」

キャスコがあきれたように、俺に言う。

「ううーん……けどなぁ。大したことしてないのに、こんなたいそうなものもらえないよー」

するとと獣人漁師と、キャスコたちがはぁ～～～～と深々とため息をつく。

「姐さん、もしかして旦那、超鈍感？」

「……ええ、残念なことに」

「で、でもでも……おらそんなジュードさんの鈍感なとこ、可愛くって大好きです！」

よくわからないが、獣人漁師が納得したようにうなずく。

「じゃあこうしよう。旦那がエバシマにいる間これを貸す。使用料はなし。これでどうだ？」

「そうだなぁ……うん。じゃあ、お言葉に甘えて、ありがたく使わせてもらうよ」

こうして、俺たちは無事、獣人国へとたどり着いたのだった。

17話　英雄、観光する

バイト少女と娘とともに、獣人国の街【エバシマ】までやってきた。

漁師たちの厚意で、ゴンドラを貸してもらえることになった。

俺はさっそくゴンドラに乗って、この水の街を見て回ることにした。

「ジュードさんすごい！　ゴンドラまで上手に扱えるんですね！」

ハルコがキラキラした目を、俺に向けてくる。

「いや、ロッピさんからコピーさせてもらったんだよー」

ロッピさんとは、さっき俺に船を貸してくれた獣人漁師のことだ。

「コピー？」

はて、とハルコが首をかしげる。

「……ジュードさんの職業《ジョブ》【指導者《リーダー》】は、相手の能力を向上させる代わりに、その六割、能力をコピーさせてもらうというものなんです」

「そうそう。さっきロッピさんから【小舟操作】をコピらせてもらったんだ」

「はえー……ジュードさんはすげーだに！」

エバシマは湖の上に立つ街だ。

水流というものがほとんどなく、ボートをこぐのも実に楽だ。

「はっ！　おとーしゃんおとーしゃん！　橋があります！　あっち！　くぐってー！」

タイガはゴンドラの先頭に座り、前方を尻尾で指す。

「了解だ、タイガ船長」

「せんちょー？　キャスちゃんせんちょーってなぁに？」

タイガの後ろに座る銀髪賢者が、頭をなでながら言う。

「……船乗りで一番偉い人のことですよ、タイガちゃん船長」

「そーゆーことかっ！　ようし、はしのしたへごーごー！」

街はレンガの道路が引いてある。

景観を崩さないためだろう、地味目な色合いのレンガで建物や橋が構成されている。

「俺はこういう地味な方が好きだなぁ」

「ふぇ!?　じゅ、ジュードさん……じ、地味な女の子の方が好きなのかや!?」

ハルコがキラキラ目を輝かせて言う。

「え？　うん。そうだなぁ。一緒にいて安心する子が好きだよ」

「ふへ……♡　ふへへへ～♡　ふへー♡」

とろけた笑顔で、ハルコがほっぺを押さえて言う。

「……ふふっ、良かったですね、ハルちゃん♡」

キャスコが上品に微笑んで言う。

「……私よりハルちゃんの方が、ジュードさんは好きなのですか？」

「いやいや、そういうことじゃないからね」

「……ふふっ、わかってます。冗談です♡　からかっただけですよ♡」

ぽりぽりと俺はほおをかく。

「なんかキャスコ、ちょっといじわるになったなぁ」

「……あら、そういうキャスコはお嫌いですか？」

「いいやぁ、そんなことないよ。魅力抜群だね」

「……もう、か、からかわないでくださいっ」

耳の先を赤くして、キャスコがぷいっとそっぽを向く。

大人びたなと思ったけど、まだまだ子供のようだ。

すると、ちょうどゴンドラが橋の下を通りかかる。

「わー！　すげー！　橋の下ってこーなってるんだぁ！　すげー！」

アーチの下をくぐると、すぐに光が差す。

「あー！　おとーしゃんもう抜けちゃった！　もーいっかい！」

「そうしたいんだが、水路は一方通行なんだよ。後ろの人に迷惑かかるから、我慢なー」

結構ゴンドラはあちこち見受けられた。

観光客を乗せる大型のもの。

個人所有の小型のゴンドラ。

様々なゴンドラが走っているが、基本的に水路は一方通行だ。

「えー、あたちまた橋の下くぐりたい……くぐりたーい！」

「また機会はあるさ。っと、そう言ってるうちにほら、タイガさん橋があるぜ？」

「ようし、おとーしゃん！　タイガさんせんちょーめーれーです！　橋へゴー！」

☆

ゴンドラ遊泳を楽しんだ後、俺たちは泊まるホテルへとやってきた。

船ごとホテルに入れたので驚いた。

地下一階が船着き場となっており、そこにいくつものゴンドラが係留されていた。

俺たちはチェックインした後、部屋に荷物を置いて、今度は歩いて街を探索する。

「おとーしゃん、へんなのがいる……」

俺はタイガを肩車している。

頭上から、彼女の怯えた声がした。

「へんなの？　どこだ？」

「あれっ！　まっしろい変な顔のひと！」

尻尾で指す先には、【仮面】をつけ、ドレスを着た女性が歩いていた。

「あー、ありゃ仮面だな。あの下に素顔があるんだよ」

「ほぅ！　あのしたにおかおが……」

キラキラとした目を、タイガが向ける。

「タイガさんも一枚どう？　欲しいか？」

「ほしー！　あたちも仮面つけるー！」

しばし歩いていると、仮面屋さんがあった。

屋台を出し、様々な仮面が飾ってある。

「こんなにいっぱい……ねえねえハルちゃんキャスちゃん、どれが似合うと思うー？」

「ん～？　そうだに～。これとかっ！」

「……こっちの方も似合ってます」

きゃあきゃあ、と女子チームが仮面を選んでいる。

「いろんな種類あるんだなぁ」

目だけ隠すものから、頭からスポッとかぶるものまで、多種多様だ。

「ふぅむ。しっかしどうしてこんなにたくさん仮面が……？」

「おや、お客さんたちはネログーマの【精霊祭】は初めてかい？」

「せーれーさい？」

仮面屋さんが俺たちに言う。

「ネログーマに住まう水の精霊たちに感謝を捧げるお祭りさ。みんなこの日は仮面をつけて精霊になりきってるのさ」

「はぁん、なるほど。精霊たちが街に遊びに来やすくしてるんだなぁ」

「そーそー！　お客さんよくわかったね！」

「あ、いやぁまぁ……うん。なんとなく」

そうか、だからさっきから、精霊があちこちにいるんだなぁ。

俺たちの住む世界には、人間だけでなく、霊的な存在もいる。

彼らは精霊。魔法を使うときは精霊に魔力を渡し、その代わり力を貸してもらっている。

魔法が生活に根付いている俺たちにとっては、良き隣人たちなのだ。

「おとーしゃんっ！　仮面きめましたー！」

「お？　どれどれ～？」

「この金ぴかで頭から鳥の羽はやしてるやつ……！」

結構ごっつい仮面を、タイガはチョイスしていた。

「お気に入りですかい？」

「おきにいりー！」

「じゃあこれ一つ。あとハルちゃんとキャスコも選んでいいよー」

タイガの仮面の代金を支払いながら、俺はバイト少女たちに言う。

「そ、そんな！　悪いですよ」

「いいって。ほらお祭りなんだし、好きなのを選んでよ」

「……ハルちゃん、お言葉に甘えましょう。彼氏にもらったプレゼント。思い出になりますよ」

「た、たしかに！　たしかにー！」

えへへ、とハルコが笑う。

「じゃあ……えっと、ええっとぉ……おらこれ！」

ハルコが手に取ったのは、犬の仮面だ。

「……では私は、このキツネの仮面を」

バイト少女たちの仮面を購入する。

タイガはさっそく金ぴかごっつい仮面をつける。

「どー？」

「似合ってるよタイガちゃんっ！」

ハルコもまた犬の仮面をつける。

すると、すぅ……っと仮面が透ける。

だが仮面の犬耳だけが残った。

「あははっ。ハルちゃんわんちゃんみたい！　かわいー！」

犬耳をつけたハルコが、俺の前にいるような感じだ。

「へ、変じゃないかや……？」

ハルコが恐る恐る、俺に尋ねてくる。

「ぜんぜん変じゃないよ。よく似合ってる。その尻尾もね」

「え、えへへ〜♡　……って、尻尾!?」

ハルコのお尻から、ふさふさの犬の尻尾までもが生えていた。

「……どうやら幻術の魔法がかかっているみたいですね」

「あー！　キャスちゃんも！　キツネのお耳としっぽがあるよー！」

上品に微笑みながら、キャスコが獣耳を揺らす。

「不思議な仮面もあるもんだなぁ」

「二人とも……おそろいだね！」

ぴこぴこ……とタイガが耳と尻尾を動かす。

「そ、そうだに……わー、びっくりしたぁ」

「ハルちゃんお耳うごかないのー？」

「動かないよぅ……って、動いてるー!?」

ハルコの獣耳と尻尾は、タイガ同様にピコピコと自在に動いていた。

「……仮面が表情に合わせて、幻術の形を変えてるみたいですね」

「な、なんかすごい……こんな高い仮面、本当に買ってもらって良かったんでしょうか?」

ハルコが不安げに、俺に尋ねてくる。

「気にしなくていいよ。いつもお世話になってるからね。俺からのプレゼント」

「うへへ〜♡　ジュードさん優しい……おら……だいすきっ♡」

ピコピコとハルコとタイガが耳を動かし合いながら言う。

「……さて、ジュードさん。私はどうですか?」

キャスコが俺にお尻を向けて、キツネの尻尾をパタパタさせる。

「すごい似合ってるぞ。普段の十倍くらい可愛く見えるなぁ」

「……も、もう……恥ずかしいです……」

手でぱたぱた、と顔を扇ぐキャスコさん。

「むむっ!　ハルちゃん隊員!」

タイガが仮面をずらし、くわっ、と目を大きく見開く。

「むむむっ、なんですかタイガちゃん隊長!」

犬耳を生やしたハルコが、タイガに乗っかる形で尋ねる。

「あっちにアイスクリーム……売ってます！　気になります！」

「おっけータイガちゃん！　れっつごー！」

ハルコはタイガを抱っこすると、アイスの屋台へと突撃していく。

俺とキャスコは後からついて行く。

ケースのなかに柔らかそうなアイスが入っていて、コーンの上にそれを塗りたくっていた。

「アイスにしては変わった形だな」

「……これはジェラートという、アイスの一種ですね」

「「じぇらーと！」」

タイガとハルコが、目を太陽のように輝かせる。

「おっ、お兄さんもしかしてロッピ兄貴を助けてくれたっていう恩人じゃあないっすかっ？」

ジェラート売りの兄ちゃんが、俺に気づいて言う。

「君は？」

「ロッピ兄貴の弟っす！　ここでジェラート売ってるんすよ！　それより兄貴から言われてるんす！　ジェラート食べに来たらサービスしなって！」

ニカッと店員が笑って言う。

「どれでも好きなもの選んで欲しーっす！　ただであげるっすよ！」

「「ほんとー!?　わーい！」」

ハルコとタイガが両手を挙げて喜ぶ。

「いやいや、さすがにそれはマズいよ。ちゃんとお金払うからさ」

「あんたは兄貴の命を救ってくれたじゃないっすか！　ジェラートなんて安いもんす！」

ううーん……でもなぁ、と困っていると、キャスコが苦笑する。

「……あなたって、いつも厚意でもらえるもの、素直に受け取りませんよね」

「いやだって申し訳ないじゃん。ただでもらっちゃさぁ。向こうも商売なんだし」

「……けど受け取らないと、助けた恩を無下にすることになりますよ？」

「それもちょっと……本当にいいの？」

もちろん！　と店員が明るく笑う。

彼の厚意に甘えることにして、ジェラートを受け取ることにした。

「あめー！　うめー！　さいこー！」

タイガがジェラートをペロペロとなめながら、笑顔で言う。

「おとーしゃんのおかげで、おいしージェラートをたべられました！　ありがとー！」

「ジュードさんのおかげです！　ありがとうございます！」

タイガたちが笑顔で頭を下げる。

俺はみんなが笑顔になってくれて、うれしかったのだった。

18話　英雄、バイト少女たちとプールに入る

エバシマ到着から、数時間後。

俺は……南国の海にいた。

「ふぅむ、何を言ってるんだ、俺は？」

しかしそうとしか言いようがない。

眼前には白い砂浜。照りつける太陽。

そして遠くには紺碧の海が広がっている。

「季節は春前のはずなんだが、普通に暖かいなぁ。むしろ暑い」

トランクス型水着の俺が、うーむ、と腕を組んで首をかしげていた……そのときだ。

「おとーしゃーん！」

ふよふよ……と飛びながら、タイガが俺の元へとやってきた。

水玉模様のワンピースタイプの水着を着ている。

「どう？　おとーしゃん。あたち……セクシー？」

タイガが着地すると、くね……っとしなをつくったポーズを取る。

「おっ。タイガさん、よく似合ってるぞ。まぶしいぜ」

「せくしー？」

「ああ、セクシー」

「やったー！」

タイガはぴょんぴょんと飛び跳ねる。

「ハルちゃんとキャスコ、それと【玉藻《たまも》】は？」

「もーすぐくる。タマちゃんもくる！　うみー！」

だっ……！　と海に向かってタイガが走ろうとする。

「おっとタイガ。ハルちゃんたちを待とうなぁ」

「えー」

「みんなで遊んだ方が楽しいぞー」

「いちりあります！　待ちます！」

俺はパラソルを立てて、その下にレジャーシートを敷く。

待つことしばし。

「……お待たせしました、ジュードさん♡」

キャスコがニコニコしながらやってくる。

「うわー！　キャスちゃんちょーきれー！　ちょー足ながぁい！」

キャスコは黒いビキニに灰色のパーカーを羽織っている。

すらりと長い足が実に美しい。

体に無駄な肉が一切なく、まるで芸術品のようだ。

「……どうです？　ジュードさん」

「いやはや、びっくりしたよ。綺麗になったなぁ、おまえ」

キャスコが微笑んで、くるっとその場で回る。

きゅっと引き締まったお尻が実にキュートだ。

「ンふ♡　坊や。お・待・た・せ〜♡」

狐耳の少女が、俺の元へとやってくる。

見た目は十歳くらいだろうか。

ふさふさの狐尻尾に、とがった耳が特徴的。

「おー玉藻。似合ってるじゃん、その水着」

真っ赤なセパレートの水着を着ていらっしゃる。

「ありがと〜♡　お姉さんうれしいわ」

ぱちんっ、と玉藻がウインクする。

幼さのなかに妖艶さが見え隠れする。

タイガが玉藻に近づく。

「おとなの水着！　かっこいー！」

「ありがとうタイガちゃん♡」

玉藻はタイガの額にキスをする。

「タマちゃんいいにおいします……かっこうもセクシーだし……おとなっぽいー！」

「そうだなぁ。玉藻は俺たちなんかよりずっと長く生きてる大人だからな」

「おとーしゃんよりも!?」

「もちろん。なぁ？」

「こ〜ら、駄目でしょう坊や。女性に年の話は厳禁よ♡」

ふふっと玉藻が大人っぽく笑う。

「キャスちゃん、たまちゃんは……なにものなんですかー？」

「……玉藻様は妖狐という、長い年月を生きるえらい狐さまですよ」

物知りなキャスコが、すかさず解説を入れる。

「あらキャスコちゃん、いいのよ、様なんてつけなくても。気軽にタマちゃん♡　って呼んで」

「……恐れ多いです。玉藻陛下」

うやうやしく、キャスコが頭を下げる。

「へーか？　おとーしゃん、へーかって？」

「玉藻はこの国の王様なんだ」

「えー！　はつみみなんですけどぉ！」

ぴーんっ！　とタイガの耳が立つ。

「そんなかしこまらなくていいのよ～♡」

「ほわー……王様……はじめてみた。すごい！」

わぁわぁ、とタイガが両手を挙げて喜ぶ。

「さて、そろそろ出てきたらどうかしら？　ハルコちゃん？」

玉藻が背後を振り返る。

そこには……タオルを頭からかぶった、ハルコがいた。

体もスポッと隠れており、顔面だけが露出している状態だ。

「うう～……うう～～～………」

ほおは真っ赤で、目が潤んでいる。

「どーしたのハルちゃん。おばけごっこ～？」

「違うよぅ～……恥ずかしいんだよぅ～……」

もじもじ、とハルコが体をよじっている。

「どうしてー？　ハルちゃんははずかしくないよ？」

「……そうです。ハルちゃん。自信持って！」

「そうよ、とっても魅力的な体よ。坊やなんてイチコロね」

少女三人に励まされ、ハルコが恐る恐る、タオルを俺の前で脱ぐ。

「おぉー……」

ハルコは真っ白なビキニを身につけている。

なんというか……とても立派だった。

トップスから、大きくて柔らかそうな乳房が、こぼれ落ちそうだった。

胸だけでなく太ももむちっとしている。

だが決して太ってはいない。健康的な美、とでも言うのだろうか。

「うう……ど、どうかやぁ～……？」

「すごい似合ってるよ。恥ずかしがることないって」

「ほ、ほんとう……？」

上目遣いに、ハルコが尋ねてくる。

「うん、ほんと。超セクシー。……って、ごめんね、セクハラかなこれ？」

「い、いえ！　ぜんぜんセクハラじゃなくて！　むしろうれしい的な、むしろごほーび的な……あ
あおら何言ってるんだろう……！」

ハルコがわたわた、と言う。

「ジュードさん……本当に、セクシー？　ぷくぷく太ってる、ださださ女じゃない……？」

この子はどうして、そこまで自己評価が低いのだろうか。

こんなにも、美しく、魅力的な外見をしているのにね。もったいない。

「すごい綺麗だよ」

「えへへ♡　おら……ちょっとだけ自信つきました。うれしいです♡」

ハルコがハニカむ。

「ハルちゃんおよごー！　れっつらごー！」

「うん！　行こー！」

ハルコはタイガの手を引いて、海へと駆けだしたのだった。

☆

浜辺にて、俺はパラソルの下で寝そべっている。

「日差しが気持ちいいな。これ、本当に幻術なのか？」

俺は隣に座っているキャスコに尋ねる。

「……ええ。室内の壁や天井に、映像を魔法で投影しているんです」

「日の光も光魔法を応用して作ってるのよ。どう、我が国自慢の【室内プール】は？」

「はー、こりゃすごい。本当に夏の海みたいだ。これで室内なんて信じられないよ」

波の音すらも聞こえてくる。

揺れ動くさざ波が、魔法で見せているものなんて思えなかった。

「うちの国の子たちは、手先が器用な子がたくさんいるからね。これくらい朝飯前よ」

ここはエバシマにある王城。

王家の所有するプールのなかだ。

「悪いね、玉藻。ちょっと挨拶に来ただけなのに、プールにご招待してくれてさ」

「いいのよ♡　ちょうど坊やに自慢したかったからね」

玉藻はデッキチェアに寝そべって、ぱたぱたと狐尻尾を振る。

この子は俺の友達だ。

ネログーマに遊びに来たということで、挨拶に来たのだ。

そこでプールに入っていけと誘ってくれたのだ。

「それで、坊や、告白の言葉は考えてきたのかしら？」

「え？　あーっと……玉藻さん。ここでその話はぁ」

隣に座っていたキャスコが微笑むと、立ち上がる。

「……ハルちゃんたちと遊んできますね♡」

キャスコはウインクすると、俺の前から離れていく。

「キャスちゃーん！　一緒におよごー！　ハルちゃんおよげなくてさー」

「うう……ごめーんタイガちゃん……おらカナヅチで……」

「……じゃあ一緒に泳ぐ練習しましょう」

キャスコはハルコの手を取って、泳ぎの練習をし出す。

「で？　告白の言葉は？」

「ちゃんと考えてるよ」

「そっ。ならいいわ。ふふ……あの超鈍感坊やが、やっと女の子からの好意に気づいて、告白するところまで来たか。感慨深いわね」

忘れがちだが、今回の旅行は、ハルコとキャスコに告白するためのイベントでもある。

「やっとってなんだよー」

「あなた、気づいてないだけで、かなりの数の女の子から好かれてたのよ」

「いやぁ、照れますなぁ」

人間的な好きって意味だろう。

「はぁ。ぜんぜん鈍感さ加減、直ってないわね。男女的な意味よ」

「え、嘘ぉ？」

「嘘じゃないわよ。シェーラとかキャリバーちゃんとか、キースの坊やもあなたのこと好きよ」

いやキースって。男じゃあないか。

「ほらぁ。人間的な意味での好きじゃんかー」

「ふふ……いいわぁ。お姉さん、そういうのもいける口よ♡」

「どういうの？」

「あなたはまだ知らなくていいわ♡」

ううーむ……俺も三十五年生きてるが、まだまだ知らないことも多いようだ。

「ハルちゃん！　くらえー！」

パシャッ……とタイガがハルコの顔に、水をかける。

「あ、やったなぁ。えーい！」

ハルコが笑顔で、タイガにパシャッ、と水をかける。

「キャスちゃん、魔法でやっちゃって！」

「……いいですよ。それ～」

キャスコが水魔法で、水の柱を出す。

「わー！　すっげー！」

「わわっ、すごいだに～！」

水柱の上に乗るハルコとタイガ。

「あ、そうだ。玉藻」

「ん～？　なぁに」

「最近、何か変わったことないか？」

俺は漁師のロッピから聞いたことを思い出す。

水棲モンスターの活動が活発になってきているという、アレだ。

「ん？　んー……特にないわね」

玉藻が微笑みながら、足をパタパタさせる。

「本当か？」

「ええ、ほんとよ」

王女が微笑みながら、ハルコたちを見やる。

国思いのこの子が、国の情勢に気づいていないわけがない。

モンスターの活発化のことだって、承知しているはず。

その上で……何も言わないということは、俺に異変を伝えたくないのだろう。

「いいんだぞ、頼って」

「ありがとう、でも、気にしないで」

「遠慮するなって。教えてくれよ。水くさいじゃんか。俺たち友達だろ？」

「友達だから……よ」

玉藻は俺を見やる。

その目は慈愛に満ちたものだ。

おいでおいで、と手招きする。

俺が近づくと、玉藻が俺を抱きしめる。

「友達だから、変なことに巻き込みたくないの。素敵な思い出を作って帰って欲しいわ」

やはり、この国で異変が起きているのは確実のようだ。

ただ玉藻は、俺を巻き込まないようにしてくれているらしい。

「そっか。でも玉藻。本当にどうにもならないときは頼ってくれよ」

「ええ、ありがとう。でも坊や。あなたはあの愛しい女の子たちのことを第一に考えてあげて。この国のことは、この国の人間が考えればそれでいいのよ」

ハルコが笑顔で、俺に手を振っている。

キャスコも上品に微笑んでいる。

タイガが一緒に遊ぼうと手招きしてきた。

「ほら、いってらっしゃいな」

俺はうなずいて、ハルコたちの元へ向かう。

「玉藻。ありがとな、いろいろ気を遣ってくれて」

玉藻は目を丸くすると、ふふっと微笑む。

「大人にそんな口聞くようになるなんて、坊やも成長したのね」

「そりゃね。もうおっさんですよ」

「……ありがとう。大好きよ、坊や」

玉藻は目を閉じて、小さくつぶやくのだった。

19話　勇者グスカスは、英雄と邂逅する

一方その頃、勇者グスカスは、ようやくエバシマに到着していた。

「く、くそ……やっ、やっと着いた……」

グスカスは体を震わせながら、エバシマ外壁の門をくぐる。

彼は二月の海に突き落とされた後、自力で陸地へ上がり、ここまで歩いてきたのだ。

「さ、さみぃ……し、死にそうだ……」

季節は冬。そして夜だ。

日差しがなければ、気温はマイナスにまで達する。

濡れた体と衣服で、こんな極寒の夜のなか歩くことは、自殺行為に等しかった。

グスカスは体を震わせ、鼻水を垂らしながら、びしょ濡れの体を引きずるように歩く。

足取りは重い。

ここまで来るのに、体力をかなり使っていたからだ。

「くそ……あのガキ……俺様にひどいことしやがって……後で会ったらぶっ殺してやる……」

「やだ……あの人気持ち悪い……」

脇を通りかかった通行人が、グスカスを見て不快そうに顔をしかめる。

頭から靴の先まで、全身濡れ鼠のグスカスは、なるほど端から見れば海に落ちて死んだ幽霊のようにに見えなくもない。

通行人から侮辱されても、しかしグスカスは反論しなかった。できなかった。

そんな体力が、もう残っていないからだ。

「ちくしょう……もうだめだ……頭がくらくらする……腹も減った……寒い……」

体が氷のように冷たい。意識が遠のいていく。

早く濡れた体を拭き、温まりたい。

だがそれには金がいる。

グスカスが持っている金は、海に落ちたときにすべて失ってしまった。

連れである雫と早く合流しないと凍死してしまう。

だがこの広い街のなか、いくら探しても雫が見つからない。

向こうもこちらを探しているはずなのに、不自然なほど、見つからなかった。

……やがて、どれだけ、雫を探し歩いたか。

しかし、彼女の姿は見えなかった。

「……もう、駄目だ」

グスカスは、道路の真ん中で崩れ落ちる。

立ち上がる気力も体力も、もはやない。

「……おれ、死ぬのか」

倒れているグスカスを、しかし誰一人として、気にとめようとしない。

彼らがドライなのか？

否、普通の人なら、こんな怪しい風貌の男に近づきはしないだろう。

見ず知らずの、しかもびしょ濡れで、人相が悪い男を、いったい誰が助けるというのか。

「もう……だめだ……」

グスカスが生きることを手放そうとした、そのときだ。

「おい、あんた、大丈夫かー？」

グスカスは、うっすらと目を開ける。

そこにいたのは、よく見知った顔。

「……ジュー……ダス」

ジューダス・オリオン。

今はジュードと名前を変えて、田舎で喫茶店のマスターをやっている、指導者だった。

☆

ふと、グスカスは目を覚ます。
最初に感じたのは、心地よい暖かさだ。
目を開けて、周囲を見渡す。
自分はどこかの部屋の、ベッドの上に寝かされているようだ。
部屋の隅には暖炉があり、火がくべられていた。
窓の外を見やる。
月明かりが室内を淡く照らしていた。
窓にはびっしりと結露が張り付いている。
「……ここは、どこだ？」
「お？　気づいたかー」
ガチャリ、とドアが開き、ジュードがやってくる。
「……ジューダス」
彼はグスカスの寝かされているベッドの脇までやってくる。
手にはお盆。
その上には、温かそうなシチューとふわふわのパンがのっていた。
ごくり……とつばを飲む。

「目が覚めたか。……うん、体力は回復したみたいだな。異常もなし」

「……またお得意の【見抜く目】かよ。相手の許可なく使うんじゃねーよ」

「すまんな。ただ減らず口を叩くくらいには体力が回復したみたいで、安心したよ」

ジュードはにこやかに笑う。

……そこに、裏は存在しない。

彼はいつも超然としている。

余裕がある。

嵐が来てもびくともしない、巨大な樹木のような男だ。

何事にも動じずにいるその大人の余裕に、グスカスは腹が立った。

「……ここどこだよ？」

「俺の泊まっているホテルだよ。おまえ、びしょ濡れで倒れてたからさ。ここまで俺が運んだ」

ということは、濡れた体を拭き、服を着替えさせたのもこのおっさんということになる。

「……帰る」

「おいおい無理するな。泊まっていきな」

「うっせえ。誰がてめえの言うことなんて……」

ぐぅ～～～～～～～…………。

「腹減っただろ。それ食べなさい」

ジュードがシチューとパンを指さす。

「誰がてめえなんかから施しを……」

ぐぅ～～～～～～～…………。

「ほらほら、腹が減ってはなんとやらだ。おまえが食べないんだったら、昔みたいに俺があーんして食べさせちゃうぞー？」

子供の頃の話だ。

風邪を引いたグスカスの看病を、このおっさんが見てくれたことがある。

自分の家族よりも先にグスカスの風邪に気づき、一晩中看病してくれたことがあった。

「やめろやおっさん！　キモいんだよ！　近づくんじゃねえ！」

グスカスが払いのける。

「あ、そう。じゃ自力で食べてくれな」

ジュードは微笑んでいる。

……そうだ。こいつは、いつもこうなのだ。

いくら罵倒しても、彼だけはグスカスの元を離れていかない。

グスカスの周りの人間たちは、少し関わると、みんな嫌そうな顔をして離れていくのに。

この男だけは、こちらが拒絶しても、近づいてくる。

……しかもグスカスが落ち込んで、弱っているときには、必ず向こうから歩み寄ってくる。

そんなこいつが……嫌いだった。

「……ちっ」

グスカスはシチューの皿を奪うと、がつがつがつ！　と食べ出す。

……泣きたくなるほど、美味かった。

塩気の強いそのシチューは、グスカス好みの味付けだ。

野菜は少なめで、鶏肉は大きめにカットしている。

パンをかじる。

それはグスカスの好物、ブドウパンだった。

ふわふわで柔らかく、ブドウの甘みと酸味が口のなかに広がって美味い。

隠し味にマーガリンが入っている。

……不自然なくらい、グスカス好みの献立だ。

ややあって、グスカスは食べ終わる。

「おかわり、いる？」

「……いらねーよ」

「遠慮すんなって。ちょっと待ってなー」

ジュードは立ち上がると、部屋を出て行こうとする。

「い。いらねえよ！　それに……おれ……今……金ないし……」

すると彼は苦笑すると、こう言った。

「ばかやろ。金なんて取らないよ。いいから遠慮なんてしなさんな。寝てろよー」

ジュードは柔らかい声音で、グスカスにそう言うと、その場を後にする。

……そこで、グスカスはようやく、気づいた。

「……食堂なんてとっくに閉まっている。……あの野郎が、作ったのか」

グスカスは得心がいった。

どうりで、自分好みの飯が出てくるなと。

「………………」

グスカスは不思議だった。

なぜ、あの男は、追放した張本人を前に、こんなにも優しくしてくれるのだろうかと。

グスカスは、ジューダスを追放してから今日まで、嫌というほど思い知らされた。

自分がちやほやされていたのは、グスカスが王子で、勇者だったからだ。

その二つを失った今、彼に優しくしてくれるものはいない。

いや、自覚がないだけで、今までも周囲の人間は、グスカスに反感を覚えていたのだろう。

……けれど、そんななかで、ジュードだけが優しくしてくれた。

酷いことをした本人なのに。

なぜあいつだけが、昔と変わらず、優しくしてくれるのか……。

……ポタッ。
「……ああ、クソッ。なんだよ、なんで、泣いてるんだよ、おれは……」
涙は後から後から、こぼれ落ちてきた。
止めようと思っても無駄だった。
「……チクショウ。チクショウ。チクショウ」
グスカスは気づいた。
これは、うれし涙なんかでは、決してないと。
グスカスは、悟ったのだ。
いや、痛感させられたと言ってもいい。
元勇者《グスカス》と、指導者《ジュード》の間にある、絶対的なまでの差を、だ。
自分とジュードとでは、人間としての格が違う。
勇者であるグスカスの方が、上であるはずなのに。
自分の周りには誰もおらず、やつの周りには、常に人であふれている。
みな、ジュードを好いている。
キャスコもそうだ。
自分の愛した女は、グスカスではなく、倍以上も年の離れた男に心を奪われている。
昔は、キャスコがジュードに恋心を向けていたことに対して、怒りを覚えていた。

いったい、あんな男のどこがいいのかと。
……だが、今となってはわかってしまった。
わからされてしまった。
あの男は別格なのだ。
強く、正しく、そして……優しい。
誰に対しても、分け隔てなく、救いの手を差し伸べる。
たとえ相手が、自分を追放した当人であっても。
そこに困った人がいれば、しゃがみ込んで手を差し伸べる。
寒さに震える人には暖を、腹を空かせる人には飯を、無償で施す。
そういうやつなのだ、ジュードという男は。
……そういうやつが、英雄と呼ばれるに、ふさわしいのだ。
「ぐす……チクショウ……認めねえ。おれは……認めねえぞ……」
口から出たのは、そんな強がりだった。
本当はとっくに認めていた。
ジュードという存在を。
自分の敗北を。
……だが、それを口にしたら、おしまいだと思った。

「俺様は……グスカス。王の息子で、女神に選ばれし勇者なんだ」

ふらつきながら、グスカスは立ち上がる。

そして部屋を出て行く。

「認めねえ。俺様は……絶対に認めねえ……」

ここまで酷い目に遭い続けて、彼に優しくされて、安らぎを覚えたこととか。

彼と自分との間にある、人格の差とか。

彼への強い敗北感と劣等感とか。

……そういった諸々を、あそこにいたら、認めたことになるような気がした。

だから、グスカスは。

ジュードに別れも、感謝の言葉も言わず、その場を立ち去ったのだった。

20話　英雄、海辺のモンスターの掃除をする

俺がグスカスと偶然にも出会った、翌日の早朝。

ホテルのベッドにて。

「ううーん……目がさえてしまった」

半身を起こしてつぶやく。

ここはエバシマにあるホテルの一画だ。

女子チームと俺とで二部屋取っていた。

タイガはハルコたちと寝ている。

「……グスカス、元気なかったなぁ」

彼は勇者で、俺の元教え子だ。

昨夜、みんなでレストランへ行き、ホテルへと帰る途中。

俺は、グスカスを街中で見かけたのだ。

グスカスは、いろいろあって心を病み、それを癒やすために恋人と遠くで暮らしていると聞いた

ことがある。まさかネログーマだったとは。

積もる話もあったのだが、回復するのを待っている間に、グスカスはいなくなってしまった。

「体力も戻ったし、元気になったから帰ったんだろうなぁ」

ちなみにグスカスには、気を失っている間に、俺が体力回復のための治癒魔法をかけてある。

手足が少し凍傷を起こしてたくらいだったので、俺の魔法で十分対処できた。

「もうちょっと話したかったな。今何してるのか、とか気になったし」

グスカスの恋人さんとやらも見てみたかったしなぁ。

と、思った、そのときだ。

「……ん？　なんだ……？　外で妙な気配がするぞ」

【索敵スキル】が敵の存在を感知した。

俺は気になって、手早く着替え、上着を羽織って外に出る。

【見抜く目】を発動。外壁のすぐそばで、モンスターの気配を感じた。

「こんな近くまでモンスターが？　いったい何が……？」

ともあれ俺は、急いで現場へと急行した。

【高速移動】スキルで、街のなかを風のように走り抜ける。

早朝ということで、人通りなんて皆無だった。

誰かにぶつかる心配もなく、俺は一直線に現場へと向かう。

「GYAGYA！」「GYUGIIIIII！」「GUGYUGYA！」

「魚人《サハギン》か」

外壁付近に、矛を持った二足歩行する魚人たちがいた。数十体ほどだ。

「て、敵だっ！　くそっ！　数が多い！」

「お、応援を」

「ばかっ！　こんな早朝に一体誰が来るっていうんだよ！」

対して衛兵は三人。レベル的にも魚人に劣っていた。

「よっと」

俺は飛び上がって、【インベントリ】のなかから【魔剣フランベルジュ】を取り出す。

空中で体をひねり、魔力を込めた斬撃を、サハギンどもにお見舞いした。

スパァアアアアアン……！

「な、なんだぁ？」

「す、すげえ……一撃で全滅した！」

衛兵たちが目を丸くした隣に、俺は着地する。

「よっす。ケガはない？」

「あ、ああ……おかげさまで」

獣人の衛兵が、おっかなびっくりとうなずく。

まだちょっと混乱しているようだ。

「はいみんな深呼吸。吸ってー、吐いてー」

俺の呼びかけに、衛兵たちがすぅはぁと深呼吸する。

ほどなくして、彼らが落ち着いたタイミングで、事情を聞き出す。

「何があったんだ？」

「明け方魚人たちが急に、エバシマまで押し寄せてきたんだよ」

「海岸から歩いてきたのか？」

おそらく、と衛兵たちが神妙な顔つきでうなずく。

「普段は来ても数匹だったんだけど、一昨日くらいから数が少しずつ多くなってきてるんです」

「え？　嘘。サハギンが？　この時季に、海からわざわざ外に来るのか？」

水棲モンスターは、冬の寒い時季は活動をしなくなる。

というか陸地に上がることなんてほとんどない。

それが、出てきているということは、何かしらの原因があるということだ。

「何か原因に心当たりは？」

「……実は最近、街の近くの沖合に、【海底ダンジョン】が見つかったんです」

「海底ダンジョン……」

確か漁師たちが、噂していたな。

ダンジョンは世界各地に見られる。

その種類も多種多様だ。海底にだってある。

またダンジョンは突発的に、自然発生することもある。

「海底のそれに驚いた水棲モンスターたちが、陸地へと追いやられてるのかな？」

「それもありますが、ダンジョン内のモンスターが外に出てるということもあります」

「なるほどなぁ。クラーケンがいたのは、そういうことか……」

衛兵たちが目をむく。

「ク、クラーケンなんていたんですか!?」

「え、ああ。でも安心して。軽く倒してきたから」

「「軽く倒してきたんですか!?」」

衛兵たちが驚愕に目を見開いている。

「う、上に報告した方が良くないですか？」

「そうですよ、この人に依頼すれば、きっとなんとかしてくれます！　冒険者に頼まなくても！」

若い衛兵二人が、上司らしき人物に言う。

だが上司の獣人は、重く首を振る。

「駄目だ。一般人を巻き込むなと、陛下からお言葉を賜っているだろう？」

上司は俺を見て、頭を下げる。

「助けてくれたこと、感謝する。だが後のことはこちらに任せて、あなたはもうお帰りください」

「いや、そうもいかんよ。俺も手伝うよ」

上司は首を振る。

「駄目です。あなたは無関係だ。国の問題は国で解決する」

「いやいや、そんなこと言ってる場合じゃないでしょ。手伝うって」

「無用です。今日陛下は騎士や冒険者を集って海底ダンジョンへ向かうことが決定しています」

そうなのか……。

玉藻は、俺に気を遣って、黙っていたんだな。

余計なことしちまったな。

「さぁ、お帰りください」

「いやでもなぁ……」

と、そのときである。

ひときわ大きなモンスターの気配を、近くの海岸から感じ取った。

「悪い、ちょっと出てくる」

「あっ！　ちょっと！」

俺はモンスターの方めがけて、走り出したのだった。

☆

昨日来た道を逆走する感じで、俺は海岸までやってきた。

朝日が少しだけ、水平線から顔を出している。

薄ぼんやりとした視界のなか、俺は【それら】を眼で捕らえた。

「巨大蟹《ジャイアント・クラブ》……か。Sランク程度の弱いやつだけど、陸地に来るなんてやっぱりおかしいな」

三メートルほどの巨大な蟹が、カサカサと音を立てながらこちらにやってくる。

「数は百か。まあまあ多いな」

水棲のモンスターは群れをなしてやってくることが多い。

自衛手段の一環として、まとまって動いているとのこと。

「殻があって、斬撃はあんまり効かないな。となるとー」

俺は右手を前に掲げる。

「【獣神の豪雷】」

雷獣タイガからコピーさせてもらった、一撃必殺の魔法スキルを使用する。

魔力を消費し、俺の右手から、凄まじい勢いの雷魔法が出る。

ズガァアアアアアアアアアアン！

極太の雷が蟹たちに激突すると、電流が辺り一面にほとばしる。

蟹たちは白目をむいて、その場に倒れ込む。

「ふぃー……片付いた。しかしそうか。ダンジョンの影響かぁ」

俺は【見抜く目】で、沖合を見やる。

この目は対象となるものの情報を見抜く。

海底ダンジョンの居場所だって、見つけることができるのだ。

「……あった。結構陸に近いところにできてるな。厄介だ」

俺は上半身の服を脱いで、準備体操をする。

飛び込もうとした、そのときだ。

「坊やっ！」

ぐいっ、と誰かに肩を引っ張られた。

「玉藻。どうした？」

「どうしたじゃないわよ……。はぁ……」

妖狐の幼女が、その場に疲れたようにうずくまる。

汗びっしょりだった。

走ってきたのだろうか。

「坊や。まずは、サハギンと巨大蟹、対処ありがとうね」

「気にしなさんな。あとは海底ダンジョンだろ。任せとけって」

すると玉藻が、俺の腕をつかむ。

「行っちゃ駄目よ、坊や」

「なんでさ」

玉藻が深々とため息をつく。

「あなた、今日デート本番でしょう？　あの子たちに告白するって言ってたわよね？」

「そりゃあ……。でもそれまでに帰ってくるからさ」

「駄目」

玉藻が、珍しく少し怒ったように言う。

「気持ちはうれしいわ。けどこれはこの国の問題よ。あなたは自分のことだけ考えていればいいの」

獣人は義理堅い人たちが多い。

でも逆に言うと、人間関係ではきっちりしている。

玉藻は微笑むと、落ちている俺の上着を手に取る。

「それにこんな寒いなか泳いで、デート前に風邪を引いてしまったら、あの可愛い子たちが泣いちゃうわよ。ね？」

「ああ……そうだな。うん」

俺は服に袖を通す。

「別に今日ダンジョンをクリアするわけじゃあないわ。何日かかけてじっくり掃討する。そのための人員もきちんと確保しているの。あなたはお呼びじゃないのよ」

そういえば、さっき衛兵も言っていたな。

「けどなぁ、新造ダンジョンは危険だって……」

「坊や」

玉藻がとがめるように言う。

「わかった。けど、どうにもならないと判断したら、すぐに通信魔法を俺に入れてくれ」

彼女は苦笑すると、首を振った。

「嫌よ」

「なんでさ」

「そうね。とりあえずあなたがちゃんと、ハルコちゃんとキャスコちゃんに思いを告げたら、考えてあげてもいいわ」

ぱちん、と玉藻がウインクする。

「本当に、危なくないんだな？」

「ええ。あなたの手を煩わせるほどじゃない。何事もなく、つつがなく、作戦は完了できるわ」

玉藻の言葉に偽りはないようだった。

ちゃんとした人員をそろえられているのだろう。

だとしたら、外様である俺は、作戦を乱す異分子でもあるか。

「わかった。後は玉藻たちに任せるよ」

ちょうど、朝日が昇りだした。

辺りに光が差し込む。

「少し曇っているわね。雨降らないといいのだけれど」

「作戦に天候って支障きたすのか?」

「こっちの話じゃあないわよ。あなたの話。上手くいくといいわね」

「そうだなぁ。上手くいくと、いいなぁ」

かくして、俺は俺の、玉藻は玉藻の。

それぞれの目標を、がんばることとなったのだった。

21話　英雄、バイト少女たちとのデートに向かう

玉藻と別れた、半日後。エバシマのホテルにて。

「ふぅー……落ち着かん」

ホテルの部屋で、俺は時が来るのを待っていた。

ちらちらと時計を、何度も見てしまう。

立ち上がって、座って、しかしやっぱり立ち上がって……を繰り返す。

「おとーしゃん。まぁまぁ、おちついて」

ふよふよ、とタイガが俺の隣にやってきて、ベッドに座る。

自分の隣を、尻尾でぺしぺしと叩く。

「そうだな。落ち着くか」

ふぅ、とため息をついて座る。

「ハルちゃんたちとのデート、きんちょーしているんですかっ？」

「ん？　んー……。うん、まぁ……そっちも……ね」

もちろん、ハルコたちとのデートも、ドキドキするのだが。

今、俺の頭のなかを占領しているのは、別の不安だった。

エバシマ付近に出現した、海底ダンジョン。

今日はそこへ、冒険者たちが向かうという。

新造ダンジョンは予測不可能なできごとが多い。

もし何かあったら……と嫌な妄想が脳裏をよぎる。

「おとーしゃんっ！　しゃんとして！」

タイガは俺の膝上に乗ると、俺のほっぺをむにーっと引っ張る。

「しゃんとして！　いつもしゃんとしてないけど、きょーはしゃんとして！」

「ふぁーい」

タイガは手を離すと、膝の上に乗っかってくる。

俺はタイガの頭をわしゃわしゃとなでる。

獣尻尾が、うれしそうにパタパタと揺れた。

「きょーのこと、ハルちゃんたちとてもたのしみにしてました。おとーしゃんは、ちゃんとハルちゃんたちに、こたえてあげてください」

「そうだなー……うん。そうだな」

……とはいえ、と再び脳裏に不安がよぎる。

ううん、駄目だ落ち着かない。

「タイガ、ちょっと散歩行くか」

「だめー！　デートあるでしょぉ!?」

くわっ、とタイガが犬歯をむいて言う。

「大丈夫。デートは十七時から。あと二時間くらいある。ジェラートでも食べに行こう」

「いこう！」

タイガを肩車して、俺はホテルの部屋を出る。

ハルコたちは隣の部屋にいる。

だが今朝からひきこもっているのだ。

立ち入り厳禁を、キャスコから言い渡されている。

「ハルちゃんたち、なにしてるのかなぁ？」

「きっとおめかししてるんだよ」

「あー、それな。けしょーはおんなのぶきですからなぁ」

「おっ、タイガさん物知り～」

「あたちそーゆーとこ、びんかんだからね」

俺たちはホテルを離れて、近くをぶらぶらする。

「おとーしゃんたちデートしてるあいだ、あたちどーすればいいの？」

「玉藻が面倒見てくれるってさ。だから安心してな」

「タマちゃんの家におとまりかぁ、たのしみ！」

……とはいえ、玉藻に悪いことをしてしまった。

国が大変な時期にあるのに、タイガのおもりを任せてしまって。

けど今朝、別れるときにそのことを言ったら、『気にしないで』と笑っていた。

あの子、結構自分で溜め込むところあるからな。

頼ってくれて全然いいのに。

……と、ぼんやりしながら歩いていた、そのときだ。

「師匠！　ジュード師匠〜！」

どこからか、聞き覚えのある声がした。

「あー！　おとーしゃん、ボブちゃんだ！」

タイガが指さす先に、あの小柄な黒髪の子、ボブがいた。

ボブは笑顔で手を振りながら、猛然と俺の元へとやってくる。

「相変わらず元気だなぁ」

「ジュード師匠！　なんて偶然！　会えてとてもうれしい……げほごほ」

「落ち着きなさいって」

すぅはぁ、とボブは深呼吸した後、ニコッと笑う。

「お久しぶりです、師匠！」

「おっす。しかしどうして、エバシマにいるんだ？」

「冒険者として、この国でクエストを受注したんです！」

「もしかして海底ダンジョンのクエストか？」

ボブは目を丸くしてうなずく。

「そうです！　さすがジュード師匠！　クエストまでお見通しなんて！」

「いやたまたま心当たりがあっただけだよ……ふぅむ、そうか。ボブがいるなら安心かな」

この子は発展途上とはいえ、十分に強い。

ボブほどの猛者がいれば、何かあっても十分に対処できる……か？

「ほかには、どんなやつが海底ダンジョンへ行くんだ？」

「ギルドで聞いた限りだと、かなりの実力者が来るみたいですよ。Sランク冒険者集団の【黄昏《たそがれ》の竜】とか。あ、参加者のメンバー表見ますか？」

「ああ、サンキュー。えーと、どれどれ……」

参加者リストに、俺は目を通す。

Sランク冒険者が結構な数、今回の作戦に参加するようだ。

なるほど、玉藻が大丈夫と言った根拠はそこか。

俺が心配するまでもなく、準備万端ということか。

「……ん？　あれ、俺の見間違いか？」

「どうしました、ジュード師匠？」

「あ、いや。なんか参加者リストに、グスカス……俺の知人の名前があってさ」

リストの一番下に、【グスカス】と書いてあった。

「あれ？　あいつ今、冒険者やってるのか？」

「……そうですね」

「へえー、知らなかったわ」

そうか、あのグスカスがなぁ。

俺は思わず、うれしくなる。グスカスは病気療養中なのに、冒険者として、この国を救うために、がんばろうとしていることを。

俺はそれが、うれしかった。

なんだ、ちゃんと勇者しているじゃないか。

「うん、これ見て安心したよ」

勇者のステェタスを持つグスカスが、作戦に参加しているのだ。

ボブにSランク多数。そして勇者。

万全の布陣と言える。

俺が出るまでもなく、大丈夫そうだな。

「あ、そうだ。もしものときのために、連絡先教えてくれない？」

「もちろんです！」

俺たちは通信魔法の、連絡先を交換し合う。

これで離れていても、遠くから魔法でボブと会話できる。

「ジュード師匠の連絡先をもらった！　やったー！　うれしー！　一生のお宝だ！」

「大げさだなぁ」

「ねーねーおとーしゃーん……」

タイガが不満そうに、ほおを膨らませている。

「ジェラートぉ……」

「おお、そうだった。ごめんな。じゃあ、ボブ。気をつけて」

「はい！　ありがとうございます！」

俺はボブと別れる。

ジェラート屋へと向かう俺の足取りは、心なしか軽い。

「おとーしゃん、ごきげんさんですね？」

「おう。ちょーご機嫌だよ」

グスカスがやっと、人のために何かするようになった。

俺の言葉が、教えが、ようやく届いたみたいに思えた。

だから……うれしかった。

「ようし、これで心配はなくなった！　デート、がんばるぞぅ」

「おー！　がんばれおとーしゃーん！」

☆

数時間後。夕方。

俺はホテルの入り口にいた。

「お、お、お待たしぇしましゅたっ！」

「……ごめんなさい、遅れてしまって」

ハルコとキャスコが、俺の元へとやってきた。

「ううん、全然待ってないよ。時間ぴったし」

俺は少女たちを見やる。

「ど、どど、どう……かや？」

ハルコが恐る恐る、自分の服装を聞いてくる。

「うん、とっても綺麗だよ。キャスコも見違えた」

ハルコは可愛らしい赤いドレスを、キャスコは上品な黒いドレスを、それぞれ着ている。

長い髪をアップにしたハルコ。

逆に髪の毛を伸ばし、編み込んでいるキャスコ。

「キャスコ、髪の毛どうしたんだ？」

「……魔法で伸ばしてみました。いかがでしょう？」

「すごい似合ってるよ。ロングもいいな」

「……ふふっ♡　ありがとうございます」

しかし……びびった。

マジで化粧は、女の子を【女】に変えるんだなぁ。

「……驚きました？」

「ああ、なんというか、うん。綺麗だなぁ」

「……もうっ♡　語彙力なさすぎですよ♡」

「ふへ、ふへへ～♡　綺麗だってぇ～……♡　キャスちゃん、綺麗だってぇ～……♡」

ハルコがふにゃふにゃと笑う。

あ、いつものハルコだ。なんか安心した。

「素敵な美女二人をエスコートできるなんて、恐れ多いよ」

「そ、そんな！　ジュードさんだってとぉってもかっこいいだに！　髪も服装もビシッとして、いつもの倍くらいかっこいいです！」

「……いつもそれくらい、しゃんとしてくれるといいんですけどね♡」

「すまんなぁ、いつもだらしなくて」

さすがに今日は、いつものシャツ＋ズボンスタイルだと、ハルコたちに失礼だからな。

きちんと身なりを整えてきたのである。

「さて、じゃ、行きますか」

「「はいっ♡」」

俺たちは歩き出す。

「人……すごいことになってるだに～……」

「……夕方ですし、お祭りの真っ最中ですからね」

精霊祭ということで、仮面をかぶった人が道を行き交っている。

「俺らも仮面つける？」

「「…………」」

「じょ、冗談だよ」

そう、今日は本気のデートなのだ。

仮面をつけるなんて、浮ついたことをしちゃいけない……のかな？

たぶん、そういうことだろう。

言った瞬間、ハルコたちの目つきが、暗殺者ですかってくらい鋭くなったから。

俺の左右に、ハルコとキャスコが並んで歩く。

「わぁ！　見てみてジュードさん！　光の玉が動いてます！　きれーですよ！」

街のあちこちに、光る球体のようなものがただよい、動いている。

「魔法かや？」

「いや、違うよ。あれは精霊。みんな遊びに来てるんだ」

「……精霊には光点だけの微細なものから、人の形を取る精霊までたくさんいます。高い位の精霊になればなるほど、人型に近づいていくんですよ」

「ふえー……。すごいなぁ～……」

精霊の子供たちが、俺たちに混じってはしゃいでいる。

微細な精霊たちも、楽しげな雰囲気に惹かれて、あちこちから押し寄せていた。

彼らは特殊な光を発する。それが夜の街に実に映えた。

「水路に精霊さんの光が反射して、とってもきれーだにぃ～……」

はぁー、とハルコが感嘆の吐息をもらす。

「クルージングもご用意していますので、乞うご期待」

「くるーじんぐ？」

「……船に乗って食事をしたり、景色を楽しんだりする催し物のことですよ」

「わぁ！　すごい！　ロマンチック！」

きらきらとハルコが目を輝かせる。

良かった、喜んでくれそう。

「そんじゃ、それまでいろいろ見て、時間を潰そうか」

「はーい！」

22話　英雄、美少女たちと水の街でデートする

夜、ネログーマの街【エバシマ】にて、俺はバイト少女・ハルコと、賢者・キャスコとともに、デートしていた。

「わわっ、人がたくさんだに……め、目が回りそう……」

きょろきょろ、とハルコが辺りを見回す。

通路は観光客で埋まっていた。

脇の水路には、ゴンドラがいくつも走っており、そのすべてが満席状態だ。

「年に一度の精霊祭ってことで、たくさん人が来てるんだなぁ。ということで、ほい、ハルちゃん。お手を拝借」

俺はハルコに手を伸ばす。

「え!?　い、いいのかや!?」

「うん、お嫌じゃなければ」

「嫌なわけないだに！」

ハルコが俺の手をハシッ、と摑む。

「ふへ♡　ふへへっ♡　やったぁ♡　ジュードさんから手を繋いでくれたぁ。うれしいなぁ～♡」

「……ハルちゃん、幸せそうですね」

俺の逆サイドに立つ、銀髪の美少女キャスコが、上品に微笑む。

「うんっ！　キャスちゃん！　ジュードさんに手を握ってもらえて……おらもう、幸せで胸がいっぱいで、これでもう終わってもいいよぅ♡」

「……デートはまだ始まったばかりですよ。ね？」

「そうそう、それじゃ、行こっか。キャスコも」

「……はいっ♡」

俺は二人と手を繋ぎながら、人混みを歩いて行く。

「……おい見ろよあの人、すっげー美人を二人も連れてるぜ！」

「……ほんとだ！　きっとカップルだぜ。くっそ、うらやましいなぁ」

街行く人が、俺……というかハルコとキャスコに注目している。

二人ともとびきりの美少女、しかも今日は普段以上に気合いの入ったメイクで、美しいドレスに身を包んでいる。

目を引くのは当然と言えた。

「……ふふっ、どうですか？　ジュードさん、美少女を二人も連れて歩く感想は？」

「俺みたいな冴えないおっさんがパートナーで、申し訳ないって思うなぁ」

「そ、そんな！　ジュードさんはかっこよくて素敵な男性だに！」

「……ハルちゃんの言うとおりです。もっと自信を持ってください」

ハルコたちがまっすぐに、俺の目を見てくれる。そこに嘘偽りがあるようには、思えなかった。

二人とも、心からそう思ってくれているようだ。

……ほっとした。

俺は三十五。ハルコたちは十代。

年齢的に倍近く離れている、こんなおっさんのことを、本当に好きになったのだろうかと。俺はどこかでいつも、漠然とした不安を感じていた。

だからこそ、彼女たちが受け入れてくれてうれしかった。

「ありがとう、元気でたよ」

二人は花が咲くように笑ったのだった。

☆

お祭りムードの街中を、俺たちは並んで歩く。

「派手な衣装の人がいっぱいだに」

「……今日はお祭りですからね」

開けた場所までやってきた。

噴水の周囲には人が集まっている。

魔法の楽器を持った音楽隊がいて、ノリの良い曲を奏でていた。

そして鳥の羽を体中につけた、大人や子供たちがあちこちで踊っている。

「楽しそうだに……」

「ハルちゃんも踊ってくる？」

「ジュードさんと一緒なら！」

「え？　ううーん……」

三十五のおっさんがステップを踏んでいたら、変に思われないだろうか。

「……そんなこと、誰も気にしてませんよ。みんなそれぞれ自分たちの世界を楽しんでますし」

ほら、とキャスコが指さす。

カップル客が多い。お互いがパートナーのことしか見えていないようだ。

「なるほど……じゃあ、ハルちゃん。一曲踊っていただけませんか？」

「はいっ！」

俺たちは手を繋いで、ステップを踏んでいるカップルたちのなかに混じる。

ダンスの素養なんてない俺たちは、曲に合わせて体を動かすだけだ。舞踏なんて言葉からは縁遠い、めちゃくちゃなダンス。

それでも、俺たちは楽しかった。

「ハルちゃん元気だねぇ」

「はいっ！」

ハルコは女の子のわりに体力があった。激しく動いても、息一つ乱さない。

キラキラした笑顔と汗が、実にキレイだった。

「わわっ！　おらたちの周り、なんか光ってるー!?」

赤や緑といった、色鮮やかな光の玉が、俺たちの周りで動いていた。

「精霊たちも、ハルちゃんの楽しい踊りに惹かれてやってきたみたいだね」

「ほえー、精霊さんたち、きれーだにぃ♡」

精霊を見て、ハルコが目を輝かせる。光の球は俺たちの腕や、足元をくるくると舞っていた。

ややあって。

「ふぃー……疲れたー」

「キャスちゃんただいまー！」

噴水近くで座って待っていた、キャスコの元へ行く。

「……ハルちゃんダンス上手です」

「えへへっ♡　ありがとー！」

「……おっぱいバルンバルン動いてて、とてもえっちでした♡」

「ありがとー……って、うぇええええ!?　ほ、ほんとかや!?　ジュードさん!」

「ん？　んー……どうだろう」

本当のことを言うと、凄まじい勢いでハルコの巨乳は飛び跳ねていた。

薄いドレスを着てるってことを、途中から忘れたのだろう。いつポロッと出ないかと気が気でなかった。

「あぅ……恥ずかしい……」

「まあまあ。さて、キャスコさん。一緒に踊ってくれませんか？」

キャスコは目を丸くする。

「……いいのですか？　疲れてるでしょうに」

「お気になさらず。お待たせして申し訳ない、お嬢様。どうかわたくしめと、一曲踊っていただけないでしょうか？」

俺は腰を折ってそう言うと、キャスコは「はいっ!」と輝くばかりの笑みを浮かべる。

キャスコの手を取って、俺たちは踊る。

ちょうど曲が、スローテンポなものへと変わった。

「……ジュードさん、腰に手を回して。私に身を委ねてください」

俺は言われたとおりにする。ほっそりとしたキャスコの腰に触れて、俺たちは密着する。

キャスコは実に優雅にステップを踏む。俺は彼女に合わせるだけで、まるで舞踏会に参加するお貴族様のようだった。

「……ジュードさん、とてもお上手です。さすがです♡」

「いやいや、そう言うならさすがキャスコ。王族だからかな、踊り慣れてるのか？」

「……子供の頃に無理やり慣わされたんです。あのときは、嫌でした。でも……」

キャスコが俺を見上げて、うれしそうに笑う。

「……あなたと踊るために習ったと思えば、悪くありません」

この子は王族の元に生まれた。そのため色々辛いことも多かったそうだ。

俺はキャスコを抱き寄せる。

「キャスコ。これからはおまえがずっと笑っていられるように、頑張るよ」

キャスコは目を大きく見開く。じわ……っと目の端に涙を溜める。

「……もうっ。フライングはダメですよ。ハルちゃんに申し訳が立ちません」

「そうだったな。ごめん」

「……いいえ、謝らないでください」

キャスコは微笑むと、背伸びをする。そして俺の首の後ろに手を回し、耳元でささやく。

「……ありがとう、ジュードさん。あなたに出会えて良かった」

ちゅっ、とキャスコが俺の頬にキスをする。

「あー！　キャスちゃん抜け駆けずーるーいー！」

背後でハルコが、頬を膨らませている。

キャスコは澄ました顔で、「ごめんなさい」と謝る。

「フライングはダメなんじゃなかったのか？」

「……時と場合によるんです♡」

いたずらした子供のように、クスクスとキャスコが笑う。

いつもどこか大人な彼女が垣間見せる、その幼い表情が、俺は好きだ。

「キャスちゃん！　チェンジ！　おらも踊る！　もう一曲！」

「……あら、まだ曲は終わってませんよ。ハルちゃんはもう少しおあずけです」

「あー！　ずるい！　ずーるーいー！　おらもジュードさんと甘い雰囲気になりたいのにー！」

俺とキャスコは、ハルコを見て笑う。

その後、ハルコともう一曲、そしてキャスコともまた一曲踊るのだった。

☆

踊って暑くなっただろうから、俺はジェラートを買って、ハルコたちの元へと帰ってきた。

二人は噴水広場のベンチに座っている。

「お待たせー。こちらをどうぞ」

「わぁ！　ありがとうジュードさんっ」

「……ありがたく頂戴いたします♡」

二人にジェラートを手渡し、隣に座る。

「いただきまーす♡」

「……おばかっ」

キャスコがキュッ、と目尻をつり上げて、ハルコの耳を引っ張る。

「痛いよぅ……どうしたのキャスちゃん？」

「……ジュードさんのぶんがないでしょう？　これは、つまり」

ぼしょぼしょ、とキャスコがハルコに耳打ちをする。

「え、ええー!?　そ、そんな……ハシタナイこと、できないよぅ……」

ハルコが頭から湯気を出しながら言う。

「……やるのです！　いい雰囲気。今ならできます！　押せ押せゴーゴーです！」

「……うう、うぅ～」

いったい何を話し合っているのだろうか。

「……こほん。ジュードさん、はい、あーん♡」

キャスコが、自分の食べかけのジェラートを、俺に向けてくる。

「え？　いいよ、それおまえのだし」

「……あーん♡」

キャスコが笑顔のまま、俺に顔を近づける。有無を言わさない、妙な圧を感じた。

「え、ええっと……あ、あーん」

俺はキャスコが口をつけてない部分を選んで、一口食べる。

「……では私も。あーん♡」

キャスコは、俺が口をつけた場所を、ワザと舌で舐める。

「……間接キス、ですね」

嬉々としてキャスコが言う。

「いや、汚いだろ」

「……まさか。あなたの体のどこをとっても、汚い部分なんて存在しません」

そ、そうか……。なんだか気恥ずかしいな。

「じゅ、じゅじゅじゅ、ジュードさん！　おらも！　食べてっ！」

ハルコもまた、自分の食べかけのジェラートを渡してきた。

おそらくキャスコと同じで、間接キスをしたいのだろう。

ここで断ったら、彼女を拒んでいることになる。

俺はうなずいて、ハルコのジェラートを一口食べる。

「うん、甘くて美味しいよ」

「そ、そそそ、そうですかっ。じゃ、じゃあ……全部どうぞっ」

「……おばかっ。もうっ、ご褒美ではありませんか！」

キャスコが柳眉を逆立てて言う。

「で、でもぉ～……恥ずかしいよぅ～……」

「……じゃあ私が全部食べますけど、いいんですねっ？」

「そ、それはだめ！　だめー！　うう～……えいやっ！」

ハルコが目を閉じて、ジェラートをパクッと食べる。

「……ハルちゃんとジュードさんの唾液が、今一緒に溶け合って、ハルちゃんの体のなかに取り込まれていきます」

「へ、変な実況しないでよぅ……」

頬を押さえて、ハルコが恥ずかしそうにうつむく。

「……お味は？」

「えへへ♡　とっても美味しいっ♡　ジュードさんの味がします！」

「俺の味ってなんだよー」

その後もジェラートを食べさせ合ったり、二人が俺にジェラートを買ってくれたりした。

そんなふうに、俺たちはクルージングまでの時間、街を見て楽しんだのだった。

23話　鬼の雫《しずく》は、グスカスの最期に向けて動き出す

鬼族の少女、雫。

彼女は現在、王子キースの内通者《スパイ》として、グスカスに近づいている。

こうなった経緯は複雑だ。

彼女の生まれ故郷は、魔王によって破壊されて、一族は皆殺しにされた。

一人生き残った雫。魔王への強い恨みを抱きながらも、しかし非力な自分では、魔王を倒すことなど到底不可能。

天涯孤独となった雫は、その後奴隷に身を落とした。下女として王都で働きながらも、魔王への消えぬ恨みを抱きながら生きてきた。

そんなある日、転機が訪れる。

魔王が、勇者パーティによって討伐されたのだ。

憎き魔王を討伐してくれたパーティメンバーに対して、雫は深く感謝した。

そして雫は王子キースと出会い、魔王を倒した真の英雄ジューダスの存在を知る。

雫はジューダスに対する感謝の念と同時に、彼を追放した王子グスカスに対して、強い憎しみを抱くこととなる。

そして雫は、キースから、グスカスに恋心を抱く少女として近づくという使命を与えられた。

キースもまたジューダスという真の英雄を追放した大罪人を、許していなかったのだ。

二人のジューダス信者は手を組み、グスカスという悪をなるべく苦しませて滅ぼすべく、秘密裏に動いていた。

雫は自分に心底惚れている、とグスカスに思わせ、しかしその実彼を苦しめるために画策する。

日に日にやつれていくグスカス。

父である国王から、王都を追放された後、雫はグスカスにとっての唯一の心の支えになっていた。

憎んでいる相手を、愛するふりをするという苦痛に耐えたのは、ジューダスに酷い目に遭わせた悪人グスカスを裁くためだ。

王都でグスカスに近づいてから今日まで、雫は彼の従順な奴隷として、尽くしてきた。

だがようやく、今日、その役割から解放されようとしていた。

☆

指導者ジュードが、バイト少女たちとデートしている、一方その頃。

鬼の少女・雫は、街の入り口にて、グスカスを見送ろうとしていた。

「グスカス様、本当に、行くのですか……？」

雫は不安そうに【見える】表情で、グスカスを見上げる。

「新規に発見されたダンジョン探索なんて危険すぎます。絶対やめた方がいいですよ」

グスカスは今日、エバシマ近辺で発見された海底ダンジョンの探索部隊に、参加するのだ。

「誰に物言ってやがる！　俺様はグスカス様だぞ！　女神に選ばれた、特別な人間なんだぜ」

「でも……今のあなた様は……」

「うっせえ。俺様に意見するんじゃあねえぜ。行くっつったら行くんだよ！」

……ああ、なんて単純な男だろう。

雫は心のなかで、グスカスをあざ笑う。

……この少女の心は、実はグスカスに、これっぽっちも向いていないのだ。

「グスカス様。どうしても、行かれるのですか？　無理なさらずとも、ほかのクエストでお金を稼げばいいじゃないですか？」

「っせーな！　やるんだよ！　俺様は……証明しなきゃあいけねえんだ！　俺様が、選ばれし特別な人間だってことを！」

……意味不明の、極みだった。

このクエストを受注することと、存在の証明が、いったいどう繋がるというのか。

……まあ、豚の思考なんて、理解したくもないが。

「ぐす……グスカス様……ご立派です……」

心の内をいっさいさらさず、雫は、まるで本当に感じ入ったかのような涙を流す。

雫の得意技だ。

魔王に故郷を滅ぼされ、奴隷に落ちるまでの間、彼女は娼婦をしていたことがある。

相手の望む表情を浮かべることなど、造作もないのだ。

「わかりました。グスカス様。ぼく……あなたの帰りを、ずっとずっと待ってます」

涙を目に浮かべながら、雫は小指をグスカスに向ける。

「だから絶対絶対、生きて帰ってきてくださいね！」

グスカスは目を潤ませると、ガバッ……！　と抱きしめてきた。

不快だ。豚小屋のような匂いがする。吐瀉物を体に浴びせられたような気がした。

だが雫はうれしそうに涙を浮かべると、グスカスの唇にキスをする。

「……待ってます。いつまでも」

グスカスはうなずくと、きびすをかえす。

「そろそろ海底ダンジョンクエストゆきの馬車が出発しまーす！　参加者はこちらに！」

グスカスは馬車へと向かって歩き出す。途中、何度かこちらを振り返る。

雫は笑顔を保つ。

……まだだ。まだ、我慢しなくては。

やがてグスカスは馬車に乗り込む。

冒険者たちとともに、その場を後にした。

……そして、完全にグスカスが見えなくなると。

「おぇ！　おぇぇぇぇぇぇぇぇぇぇ！」

雫はその場にうずくまり、吐瀉物を地面にぶちまけた。

ふらつきながら、道の脇にある井戸へと向かう。

そして口を何度も何度も、ゆすいだ。

「うぇ……気持ち悪い……うっぷ……」

あんな豚に接吻をかわすなんて、排泄物を口に含んだ方がましだ。

本当はその場でゲロをぶっかけてやろうかという衝動に駆られた。

けれどそれをしては、グスカスの可愛い恋人役としては不適格だ。

「気持ち悪い……気持ち悪い……」

真っ青な顔で雫がつぶやいていた、そのときだ。

「おおぅい、君。大丈夫かい？」

振り返ったそこにいたのは……英雄ジューダスだった。

雫は、ジューダスとは直接的な面識はない。だがキースに絵姿を見せてもらったことがある。

今日初めて、彼の姿をこの目で見た。

その瞬間、魂が震えた。

眼前に、憧れの存在いる。任務中でなければ、歓喜の雄たけびをあげていたほどだ。

「顔真っ青だけど、大丈夫か？　ほら、これ飲みなさい」

ジューダスは自分の隣に座り込むと、【インベントリ】から、水薬《ポーション》を取り出した。

「あ……え……」

まだ、頭のなかがパニックになっている。

あまりに突然に、憧れの存在が現れてしまい、脳が処理しきれないでいるのだ。

ジューダスは蓋を開けると、雫にポーションを向けてくる。

駄目だ。動揺を悟られてはいけない。ゆっくりと、雫はポーションを飲む。

鎮静効果があったのだろう。飲んだ瞬間から、緊張がほどけていった。

「落ち着いた？」

「はい……ありがとう、ございます」

名前を言いかけて、口を閉ざす。

あくまでも自分は、ジューダスから見て一般人でなければいけない。

キースの存在を、グスカスとの関係性を、決して気取られてはいけないのだ。

「大丈夫？　医者まで送ろうか？」

……雫は、その場に跪きたくなった。

ああ、なんて。高潔な人物なのだろうか……。

「いいえ、大丈夫です。あなたの薬のおかげで、元気になりましたのでっ」

内心では狂喜乱舞していた。

雫はジューダスの熱狂的な狂信者《ファン》なのだ。

崇拝する人から施しを受けただけでもうれしいのに、優しくされたのだ。

本当ならば狂ったように笑い、駆け出したい。

だが、それを鉄の意志で我慢する。

あくまでも、自分はジューダスにとってモブでなければいけないのだ。

「ううーん、でも暗くなってきたし、送るよ？」

「いいえ！　大丈夫です、さよなら！」

雫は走ってその場から逃げる。

駄目だ。走らないと。遠くに行かないと。

「うひ……うひゃひゃひゃひゃぁああああああああああああ！！！！」

全力で疾走しながら、雫は狂ったように笑いこける。

「さすがジューダスさまぁ！　やはりあなたが英雄王にふさわしいですぅうううう！」

ジューダスを一目見て、雫は彼が一族の敵《かたき》を取ってくれた英雄であるという確信を得た。

彼の魂が放つオーラの色は、今まで見た誰よりも強烈で、きれいな色をしていた。

この世の悪をすべて蹴散らし、平和と安寧をもたらす、絶対なる正義の男。

第二王子《キース》が心を奪われるのも当然だ。さすがは英雄王。彼が仕えるのにふさわしい傑物である。

そしてそんなキースに仕えたことは、間違いではなかったと。

雫は深く、そう思ったのだった。

☆

ジューダスから十二分に離れた場所。路地裏にて。

「キース様、雫です。ご報告に参りました！」

通信魔法で、雫はゲータニィガの王都にいる、第二王子《キース》に連絡を取る。

『ご苦労様です。どうしました、雫？　もしかして、ジュードさんと偶然出くわしましたか？』

さすがキースだ。

こちらの動向を見ずとも、何があったのか察したのだろう。

「はいっ！　やばいです！　ジューダス様はやっぱり優しくて最高ですね！」

『ええ、雫。あなたの言うとおりです……』

二人とも、恋する乙女のように、熱っぽくつぶやく。

女性である雫はおろか、同性であるキースの心さえも、かの指導者に奪われている。

『ところで雫、何か報告することがあるのでしょう?』

「そうでした!」

雫は、今日までの出来事を、キースに簡単に報告する。

『さすが雫、素晴らしい手腕です』

「といっても、今回はほとんど何もしていません。あの豚が、勝手に自滅しているだけです」

『いいえ、雫。やつがこの世に絶望し、自死しないよう優しくし心の平静を保つようコントロールする。その手腕は、あなたにしかできません』

「もったいないお言葉! ありがとうございます!」

キースは部下の仕事を、ちゃんと理解し、褒め、いたわってくれる。

『あんな人間のくずに抱かれて、さぞつらかったことでしょう。任務のためとはいえ、身を削るようなまねをさせてしまい、ごめんなさい』

「あなた様が気に病む必要はありません! 自分の意思で任務に当たっていますので!」

キースに何一つ強制されたことはない。

「あなた様と、目指すところは同じです! 英雄王の誕生! ……そして、あのカスに苦しみを与えることです」

あのカス野郎は、大英雄の手柄を奪うだけにとどまらず、地位も名誉も汚したのだ。

許されるわけがない。

『雫。そろそろ、機は熟した頃合いでしょう』

キースが静かな声音で言う。

『身の丈に合わず、それでも新規発見された海底ダンジョンへ赴くほど……あの男は雫、あなたに惚れています』

グスカスが頑張るのは、生活費を稼ぐためだ。

本来は雫が、娼婦として働いて、自分はヒモをしていた。

しかし雫がほかの男に抱かれるのが嫌だといって、グスカスは冒険者を始めたのだ。

そして今回の危険極まるクエストを受けたのは、キースが言うとおり、雫を養うためである。

あの、超自己中心的な男が、自分のためでなく働いている。

……それは、彼を知る誰もが、異常事態だと判断する。

逆に言えば、それほどまでに、グスカスは雫を大事な、自分に近しい存在として認めているということの証明でもあった。

『あなたの尽力もあり、もはやあの豚にとって、唯一の心の支えは、あなたしかいません』

「光栄です。……では、そろそろ」

『ええ。そろそろ……』

にぃ……っと雫が、酷薄に笑う。

インベントリから、ナイフを取り出す。

刃に、雫の目が映り、怪しく光っていた。

「しかしキース様。ぼくが手をかけずとも、海底ダンジョンであのゴミカスが命を落とす可能性もありますよね？」

するとキースは、敬虔なる神の使いのごとく、穏やかな声音で言う。

『雫。あなたが今いる場所には、英雄王がおわすのですよ？』

ハッ……！　と雫は何かに気づいたような表情になった。

「なるほど！　そうでした！　……しかし、あんなゴミカスを、あの御方は助けるでしょうか？」

雫の問いかけに、キースはハッキリと答えた。

『たとえ誰であろうと、困っている人に手を差し伸べる。それが英雄王ジューダス・オリオンという御人です』

24話　海底ダンジョン探索

鬼の雫と別れた後、元勇者グスカスはほかの冒険者たちとともに、ダンジョンへと向かった。

ネログーマ近海にて。

冒険者を乗せたボートが、何艘も海の上に浮いている。

そのなかの一艘に、グスカスは乗っている。

「よしみんな注目。これからの予定を話そう」

この冒険者集団のリーダーである男が、周りを見渡して言う。

「我々はこれから、海底にあるダンジョンまで向かう。しかし当然の疑問として、海の底までどうやって行くかということがあるだろう。そこでこの人の出番だ。ボブ君」

「はいっ！」

離れた場所に座っていたボブが、手を上げて言う。

「おいボブって確か最速でSランク冒険者になったっていう、期待の新人だろ？」

「すげぇよなぁ」

冒険者たちがボブに、羨望のまなざしを向ける。

「……ちっ。調子乗るなよガキが」

ボブに注目が行くことが面白くなく、グスカスは悪態をつく。

「このボブ君は、なんと素潜りで海底数キロまで泳げるらしい。彼に先に潜ってもらう」

「「おお……！」」

冒険者たちから感嘆の声が上がる。

確かにボブはひときわ頑丈だ。

海底まで単身で潜ることなど、造作もないだろう。

「しかしリーダー。われわれはどうするんですか？」

「彼にはこれを持って行ってもらう」

そう言って、リーダーが懐から、手のひらサイズの結晶を取り出す。

「そ、それは【転移結晶】！」

「転移魔法が込められていて、指定された場所まで転移させることのできる、超希少な魔法アイテムじゃないですか！」

冒険者たちがどよめく。

「ネログーマ国王が今回の作戦にと用意してくださった。ボブ君がまず先行し、彼を基点《マーカー》として、我々がこれを使ってダンジョンへ転移する」

リーダーがボブを見やる。

「海のなかにも強力なモンスターがいる。それらを払いのけながら、単身で潜ってダンジョンにたどり着くことは君にしかできない。この作戦は、君にかかっている。期待しているぞ、ボブ君」

「まかせてください！」

ドンッ！　とボブが自分の胸を叩く。

「さすが期待のルーキーは違うなぁ」

「それに比べて……逆期待のルーキーは、なぁんでここにいるのかね……？」

ちくちく……と冒険者たちの視線が、グスカスに突き刺さる。

グスカスもまた、悪い意味で有名人なのだ。

「……あいつあれだろ、冒険者登録を一度拒否されたっていう」

「……ああ、知ってる知ってる。ゴブリンにボコられたカスゴミくんだろ？」

「……なんでそんな雑魚が、この作戦に参加してるのかねぇ」

声を潜めて、冒険者たちがグスカスをバカにする。

だが狭い船に密集しているので、ちゃんとグスカスの耳に彼らの声が届いた。

「うっせなぁ！　俺様が参加しちゃあ悪いっていうのかよ！」

グスカスが立ち上がって、周りをにらみつけて叫ぶ。

「そこの君、うるさいぞ。話が進められないじゃないか」

「うっせえなぁ！　俺様に命令するんじゃあねえ！」

「……リーダー。彼を無視しましょう。時間の無駄です」

ボブがグスカスにさげすんだ目を向ける。

「あぁ!?　ちょっとちやほやされたからって調子乗るなよくそガキがぁ！」

怒鳴りつけるグスカスを見て、冒険者たちが信じられないようなものを見る目で見やる。

「……うっわ、なんだあいつ」

「……別にボブ君は調子乗ってないだろ。何キレてるのあいつ？」

「……きっと自分と比べてボブの方が優秀だから、妬んでるんだろ」

「……うーっわ、だっさ。小さっ」

「うるせぇえええええええ！」

グスカスが地団駄を踏んで叫ぶ。

「おいおまえグスカス！　それ以上騒ぐようなら、今回の参加メンバーから除外するぞ！」

リーダーがグスカスをにらんで言う。

「なっ……!?　なんだよそれ横暴だろ！」

「和を乱すようなやつは作戦に参加してもらいたくない。それにただでさえおまえはステェタスが弱いんだ。帰ってもらってもかまわない。もっとも、その場合に報酬は発生しないがな」

ギリッ……とグスカスは歯がみする。

それは困る。自分は、金を稼がないといけないのだ。

グスカスはおとなしく、その場に座る。

「……金もらえないってわかったとたん、おとなしくなったよ、こいつ」

「……金のことしか興味ないいんだな、マジ最低」

冒険者のなかには、金ではなく、純粋に国民が困っているからと志願したものも一定数いる。

彼らから見れば、金のためだけに参加するグスカスは、低俗に見えてしまうのだろう。

だからなんだとグスカスはグッとこらえる。

周りの目なんて関係ない。

自分は雫のために、少しでも多く金を稼ぐ必要があるのだ。

「ではボブ君。後を任せるよ。頑張ってくれ」

「はい！　いってきます！」

ボブはうなずいて、海へと飛び込むのだった。

☆

ほどなくして、グスカスは他の冒険者たちとともに海底ダンジョンへと到着した。

「すげえ。海のなかなのに、息ができるよ」

ダンジョン内は、洞窟のようになっていた。

水で満たされておらず、普通に歩いて行動できそうである。

濡れた岩肌に、フジツボがいくつも見られた。

「ではこれからの行動を説明する。我々の任務はこの海底ダンジョンの攻略だ」

リーダーが冒険者たちを見渡す。

「今更説明するまでもないが、ダンジョンの基本構造について説明しておこう。内部には【迷宮核】と呼ばれるクリスタルがある。それを破壊もしくは回収することで、ダンジョンは攻略され消滅する」

消滅すれば、今起きている異常はすべて解決されるのだそうだ。

「今回我々はその迷宮核を探しだすことが目的とされる。ただし注意が必要なのは、迷宮核を守護する【迷宮主《ボスモンスター》】がいることだ。こいつはとても強力だ。もし迷宮主のいる部屋を見つけたら、通信魔法を使っておれに報告すること」

特に……とリーダーがグスカスを見て言う。

「手柄欲しさに、自分一人だけで決して挑まないこと。迷宮主の部屋を見つけたら一度集合し、全員で挑むんだ。いいな？」

「なんで俺様を見て言うんだよ！」

グスカスは犬歯を剥いて叫ぶ。

「……ま、とーぜんだよな」

「……こいつがルール守るとは思えないし」

「……もっとも、こんな雑魚がボスにかなうなんてみじんも思わないけどなぁ」

クスクス……と冒険者たちがさげすんだ目をグスカスに向ける。

「今回は新規のダンジョンだ。どんなトラップがあるかわからない。単独で行動せずグループを作って行動すること。では各人、四〜五人でグループを作れ」

リーダーが言うと、近くにいた人たちが、即席のパーティを作り出す。

「ボブさん！　おれとパーティを組んでくれ！」

「おい、ボブ君は僕たちのパーティに入るんだよ！」

さすがにボブは人気があった。

強い仲間を入れれば、その分パーティの生存確率も高まるから、当然と言えた。

……そして、誰一人として、グスカスとチームを組みたがらなかった。

「……おい、誰かあのクズカスと組んでやれよぉ」

「……やだよ、あんな雑魚のくせに偉そうなの、入れたくねーよ」

グスカスはかぁ……と顔が赤くなる。

「あー、諸君。誰かグスカスをパーティに入れてくれんか？」

「「「…………」」」

リーダーの頼みに、しかし誰一人として、首を縦に振らなかった。

「ということだ、グスカス。おまえ、ここで居残りな」

ぽん、とリーダーがグスカスの肩を叩く。

「地上との連絡係を残す必要があるんだ。それ、おまえな」

「ふっざけんな！」

バシッ……！　とグスカスがリーダーの手を払う。

「俺様は一人で行く！　てめえらなんぞと誰が組むかバーカ！」

グスカスは冒険者たちをにらみつけると、一人で先へと進もうとした。

それを、誰も引き留めなかった。

「ま、今回君たちは、危険を承知で依頼を受けてきている。どうなろうと基本的に自己責任だ。いいな？　グスカス？」

「俺様だけに言うんじゃねえええええ！」

☆

海底ダンジョンの壁は、ぬめった岩肌で四方を囲まれていた。

足場が悪く、気を抜いたらすぐに転んでしまいそうになる。

現に出発してから数十分で、グスカスは何度も転んだ。

「痛ぇ……マジで痛えよ……くそが……」

壁に手をついて、グスカスはゆっくりと進む。

びょぉおお……………。

風が通る音が、ダンジョンの奥から聞こえてくる。

進む先に光などはない。

ダンジョンの壁が淡く発光しているので、それを頼りに前へと進むしかない。

「…………」

いつ、モンスターが出てくるのか、気が気でなかった。

今のグスカスでは、魚人にすら負けてしまうだろう。

だというのになぜこんな危ない場所へ来たのか？

「迷宮を破壊したとなれば、国から莫大な報奨金が支払われる。そしたら……」

脳裏によぎるのは、自分を慕ってくれる少女の笑顔だ。

あの子に苦労をかけてしまっている分、少しは楽をさせてやりたいのである。

「絶対見つけてやる。必ず、帰るからな……」

と、そのときである。

ゴゴゴゴゴ…………！

「な、なんだ……？　奥から、妙な音がするぞ……？」

グスカスは立ち止まり、目をこらしてみる。

ゴゴゴゴッ…………！

「!?　み、水だぁあああああ！」

ドッバァアアアアアアアアア！

突如として奥から、大量の水が押し寄せてきたのだ。

考えてみればここは海底。

内部も水に沈んでいてもおかしくはない。

どこから穴が開いたのか、それとも別の原因があるからか。

とにもかくにも、このままでは自分は水没してしまう。

「に、逃げ……」

焦って走ろうとしたそのときだ。

ツルッ……！

どしーん！

「いってぇええ!!」

なんと足を滑らせてしまったのだ。

このタイミングで転けることは、すなわち……。

「う、うわぁあああああああああ！」

押し寄せる水流に、グスカスはあっさりと飲み込まれたのだった。

☆

元勇者グスカスは、ネログーマ近くの海底ダンジョンまでやってきた。

一人先行したグスカスは、突如襲ってきた水流に飲まれてしまう。

「ゲボッ！　ゴボッ！　く、くるじぃ～……」

激しい水の流れに、グスカスはなすすべなく翻弄された。

嵐のなかに放り込まれた木の葉のようだ。

「ゲボッ！　ガッ……！　だ、だずげ……だずげ……！」

必死になってもがく。

だが今の彼の力では、この激流から脱することは不可能。

「ガハッ……！」

ついにグスカスの体から最後の酸素が出て行った。

脳に酸素が行かず、気を失いかけたそのときだ。

ガシッ……！

誰かがグスカスの襟首を、つかんで持ち上げたのである。

「だ、れ……」

もうろうとする意識のなか、ぐんっ……！　と強い力で後ろへ引っ張られる。

ざばーんっ！

「ガハッ……！　はぁ……！　はぁ……！　はぁ……！　はぁ……」

気づけばグスカスは、水流から脱出できていた。

むき出しの地面に仰向けに倒れ、荒い呼吸を繰り返す。

「ゲホッ！　ゴホッ！　し、死ぬかと思った……」

グスカスはゆっくりと半身を起こす。

「……大丈夫ですか？」

「なっ!?　ぼ、ボブ……てめえ……」

そこにいたのは、黒髪で小柄な少年ボブだ。

髪と服から水をぽた……ぽた……としたたらせている。

「てめえが、助けたのか……？」

「……ええ、不本意ながら」

ボブが、実に嫌そうに顔をしかめる。

どうやら本当は助けたくないみたいだった。

「ちっ……！　余計なことするんじゃあねえ！　誰が助けてって頼んだよ！」

「……みっともなく泣き叫んで、助けを求めてたのは、どこの誰ですか？」

「うっ、うるせーよ！」

グスカスは犬歯を剥いて叫ぶ。

「俺様は自力で助かったんだ！　それをてめえが余計なことしやがって！」

「……はぁ。もういいです。あなたには何も期待してません。……くしゅんっ」

ボブがくしゃみをする。

水のなかに飛び込んで、体が冷えてしまったのだろう。

「言っとくが礼は言わねえからな」

「………………」

ボブは無視すると、おもむろにシャツを脱ぐ。

「なっ!?　お、おまえ……」

それを見て、グスカスは大きく目を見開く。

「……？　なんですか？」

「いやおまえ！　【女】だったのかよッ！」

そこにいたのは、黒髪ボブカットの……可憐な少女だったのだ。

「は？　……何言ってるんですか、自分は男ですよ？」

確かに少年のような細い体つきだ。

だがしかし、うっすらとだが胸のラインがあり、腰はくびれていた。

「どう見たって女だろうが！　早く服を着ろ！　痴女が！」

「……変な人。まあわかってましたけど」

ボブはため息をつくと、いそいそと服を着る。

「てめえ俺様を騙してたのか？　女のくせに男って言いやがってよ」

「……だから、自分は男ですよ。変なこと言わないでください」

……よくわからないが、この女。

自分を男と思い込んでいるようだった。

だがその裸身はまさしく少女。

しかもよく見れば、雫やキャスコに負けず劣らずの美少女だった。

「ちっ……まあどうでもいいけどよ」

グスカスには雫という、愛する女がいるのだ。

「ところで……ここはどこだよ？　ダンジョンのなかだよな」

「ええ。さっきいたところから、大分流されましたけど」

周囲を見渡す。

そこで、グスカスは気づいた。

「なんだぁ……あの扉は？」

進んでいった先に、巨大な石の扉を見つける。

「まさか……迷宮主の部屋か……？」

「……グスカスさん。何やってるんですか、いったん戻りますよ」

「あぁ!?　俺様に命令するんじゃあねえぞボケカスがぁ！」

グスカスにとって一番腹が立つのは、誰かに命令されることだ。

「……どうしてあなたは、そう偉そうなのですか？」

「俺様は偉いんだ！　女神に選ばれた特別な人間なんだからな！」

「……意味不明です。ほら、帰りますよ」

ボブがグスカスの手をつかもうとする。

「うるせえ！　帰るならてめえ一人で帰りやがれ！」

グスカスは扉に手をかける。

「ちょっと！　何をしてるんですか!?」

「決まってるんだろ、ダンジョン探索だ」

「バカですかあなた!?　リーダーが言っていたでしょう!?　単独行動は危険だと！」

「うっせーな！　手柄は俺様のもんだ！」

だっ……！　とグスカスが走り出す。

「あっ!?　ちょっと……って、通信魔法？　ジュードさん！」

ボブが止まって、耳に手をやる。

「ええ……ええ。実は迷宮に……はい。迷子になってしまって……ええ……」

なんだか知らないが、ボブはジュードと会話しているようだった。

好都合だ。

今こそ、手柄を独り占めにするとき！

「そんな……今デート中だって……え？　あっ！　ちょっと！　どこへ行くんですか!?」

グスカスはボブを無視して、扉を開ける。

ごごごご……！

扉がゆっくりと開き、グスカスはなかに入る。

「なんだぁ……？　広いホールみてえだな……。あん？　なんだあのクリスタルは……？」

何もないホールの奥に、台座に収まる青い結晶があった。

「アレだ！　きっと迷宮核ってやつだ！　ラッキー！」

だっ……！　とグスカスが走り出す。

アレを破壊すれば、任務完了。

「手柄は俺様のもんだぁあああ！」

グスカスが迷宮核へと、手を伸ばした……そのときだ。

ジョキンッ！　……ボトッ。

「…………………あ？」

足下に、何か重いものが落ちたような音がした。

一瞬何が起きたのかわからなかった。

「腕……え？　……おれの、腕……え？　……ない？」

あるはずの、自分の利き腕。

それが、肘から先が、なかったのだ。

「う……腕……腕がぁあああああああああああああああああ！！！」

遅れて、凄まじい痛みが、切断面からする。

ぶしゃあぁああ！　と利き腕から激しく血が吹き出る。

「あぁああ痛い痛い痛い痛いぃいいいい！　痛いよぉおおおおおおおおおおお！！！」

グスカスはその場に倒れ、無様に転がる。

眼前に切断された自分の腕があった。

それを視認して、ようやく、グスカスは状況を飲み込んだ。

突如として腕が、何者かに斬られたのだ。

では……いったい誰がやったのか？

「GUROROROROROOOOOOOOOOO！！！」

グスカスは気づいた。

自分のすぐそばに、【巨大な何か】がいることに。

「か、蟹ぃ……？」

そこにいたのは、巨大な蟹型モンスターだ。

ただし、ただのモンスターではない。

六本の腕を持ち、鋭利なハサミもまた六つ。

背中の甲羅は、ともすれば人面に見えなくもない。

……勇者パーティ時代に、見たことがある。

「【阿修羅蟹《あしゅらがに》】……ＳＳ＋ランクの……モンスターじゃねえか……！」

☆

モンスターには強さに応じて等級がつけられている。

Ｓランク以上の強さは、ＳＳ、ＳＳＳと表現される。

だが同じランク同士であっても、力の優劣が存在する。ランクに＋がつくモンスターは、そのランク内でもトップの実力を持つモンスターということ。

つまり阿修羅蟹は、ＳＳＳランクの魔王を除けば、実質世界最強のモンスターの一角と言えた。

「ふ、ふざけんな……ただの迷宮に、こんな化け物がいるなんて聞いてねえぞ！」

かつて、勇者だった頃、グスカスたち勇者パーティは、こいつを倒したことがある。

だがあのジューダスをもってしても、倒すのにかなり苦戦を強いられていた記憶があった。

「GUROROROROOOOOOOOOOOO！！！」

巨大な六本の腕の蟹が、その大きすぎるハサミを持ち上げる。

「ひっ……！」

グスカスは、立ち向かうことはおろか、逃げることすらできなかった。

腕を切断されたからだろう。

いつもの虚勢すら張れなかったのだ。

ぐぉっ……！

阿修羅蟹がハサミを、グスカスめがけて、槌《つち》のように振り下ろす。

死んだ……と思ったそのときだ。

「たぁあああああああああああ！」

彗星のごとくボブが飛翔し、阿修羅蟹のハサミを蹴り飛ばしたのだ。

ガギィイイイイイイン！

凄まじい衝撃とともに、ハサミは後方へと弾かれる。

「いっつぅ～～～～～！」

ボブは着地すると、自分の足を押さえてうずくまる。

「お、おい……大丈夫か……？」

「逃げて！　早く！」

グスカスは気づく。

ボブの足が、真っ赤に腫れ上がっていることに。

「お、おいおまえ足が……」

「いいからさっさと行って！　死にたいのですか!?」

ボブが前方をにらみつける。

阿修羅蟹は何事もなかったかのように、グスカスたちを見下ろしていた。

攻撃を当てたはずのハサミには、刃こぼれ一つない。

「そんな……あのボブの蹴りをくらって、まだピンピンしてやがる……」

グスカスは戦慄する。

彼……いや、彼女の強さは、間近で見てきたグスカスがよく知っている。

ジュードには劣るものの、十二分すぎるほどチートな強さを持ったボブだ。

それでも……かすり傷一つつけられない。

それが、ＳＳ＋ランクモンスター。

魔王四天王に比肩するほどの、強力な存在の実力ということか。

「GUROROROROOOOOOOOOOOO！！！」

阿修羅蟹が両手を広げ、巨大なハサミで、文字通りグスカスを挟撃しようとする。

ボブはグスカスを俵のようにかかえると、その場から跳躍して回避。

ザシュッ……！

「あっ……！」

彼女の右足に、ハサミがかすった。

健康的なふくらはぎが、ざっくりと裂ける。

ボブはグスカスとともに、地面に転がる。

「……早く、あなただけでも、逃げて」

ふらふらとボブが立ち上がり、構えを取る。

「GUROROROROOOOOOOOOOOO！！！」

阿修羅蟹がまたハサミを振り上げる、六本の腕を使い、連続してボブに打撃を与える。

「せやぁあああああああああああああああ！」

ドガガガガガッ！

ボブはそれを、凄まじい速さで拳を繰り出し迎撃する。

だが敵の方が手数も速さも勝っているのだろう。

最初は捌いていたボブだが、しのぎきれず、全身に拳を受けて吹き飛ぶ。

ドガァアアアアアアアン！

「ガハッ……！」

ボブは血を吐いて、その場に崩れ落ちる。

グスカスが呆然と、立ちすくんでいた、そのときだ。

「おい、おまえら！　大丈夫かぁ!?　応援に来たぞぉ！」

冒険者チームのリーダーが、ほかのSランクたちを引き連れて、この部屋へとやってきたのだ。

「た、助かった！　けどてめえら、どうやって……？」

「ボブ君の転移結晶を使ったんだ！　彼をマーカーにここへ跳んできた！　行くぞ、みんな！」

「「「おう！」」」

熟練の腕を持つ冒険者たちが、いっせいに武器を構える。

「よ、良かった……こんだけいれば、絶対に勝てるだろ……」

グスカスの体からは、ガクンッ、と力が抜ける。

「前衛は壁となって、後衛の魔法詠唱の時間をかせげ！」

ダッ……！　とSランク冒険者たちが、凄まじい速さで、阿修羅蟹へ肉薄する。

「双破連刃《そうはれんじん》！」「破城槌撃《はじようついげき》！」「疾風連打《しつぷうれんだ》！」

数多《あまた》のSランク冒険者たちが、目にもとまらぬ速さで攻撃を繰り出す。

「よ、よし……！　これなら……」

だがしかし、阿修羅蟹の甲羅には、傷一つついていなかった。

「巨岩連突《メテオストライク》！」

魔法職の一人が、上級魔法を使用する。

巨大な隕石が出現し、阿修羅蟹に殺到。

ガギィイイイイイイイイン！

「ぜ、全弾はじいただと!?」

「ふ、颶風業火《フレア・トーネード》！」

ゴォオオオオオオオオオオオ！

今度は炎の上級魔法を使うが、阿修羅蟹にはノーダメージ。

「ひるむな！　攻撃を加え続けるんだ！」

ガギンッ！　ズガガガッ！

ドドドドドドドドッ！

その後も冒険者たちが、剣や魔法を使うが、阿修羅蟹には微塵もダメージが通らなかった。

敵はひとしきり冒険者たちに攻撃させた。

「あ、あいつ……やべえ……おれたちの攻撃に、一切ひるんでない……」

「むしろ攻撃をさせて、疲れたところをやる気なんだ……！」

「う、うわぁあああああ！」

歴戦の冒険者たちすらも、阿修羅蟹を前にしたら塵に等しいようだ。

「み、みんなどいてください！」

「ボブ君!?　な、何!?」

ボブの体から、凄まじい量の黄金の輝きがあふれ出ていた。

ごぉおおおおおおおおおお！

「こ、この圧倒的なオーラはいったい!?」

「自分の全ての闘気《オーラ》を、一気に放出します！　ハァアアアアアア！」

ボブからあふれ出た黄金の光は、ホール全体を覆い尽くすほどだ。

「す、すげえ！」「まるで太陽のようだ！」「これなら倒せるだろ！」

その吹き出たオーラを、ボブは右手に集中させる。

「最終奥義！　【究極闘気拳《アルティメット・オーラ・ブラスト》】ぉおおおおお！」

ビゴォオオオオオオオオオオオオオオオオオオオオオオオオ！！！！！

黄金の光線が一直線に、阿修羅蟹めがけて跳んでいく。

その衝撃波は、迷宮の地面をえぐる。周囲にいた冒険者たちは、立っているので精一杯だ。

グスカスは吹っ飛んで、迷宮の壁に激突する。

「や、やったか……!?」

だが、阿修羅蟹は腕を前でクロスさせ、防御の姿勢を取る。

ガギギギィイイイイイイインン！

阿修羅蟹はそのまま腕を、大きく開く。ボブの放った黄金のビームが弾かれる。

「そ、そんな！　自分の最終奥義が、防がれるなんて！」

「GUROOOOOOOOOOO！」

「「「うぁあああああああああ！」」」

ドガァアアアアアアアアン！

……凄まじい爆発。そして煙が晴れると、その場にはボブをはじめとした、Sランク冒険者たちが倒れ伏していた。

「そ、そんな……嘘だろ……全滅だって……？」

一人助かったグスカスは、その場にへたり込んで、呆然とつぶやく。

「終わりだ……Sランクのチームがまとまって挑んでも、最強のボブですらも……勝てなかった。こんなやつ……一体どうやって倒せばいいんだよ……」

腕が切り飛ばされた痛みは、もうなかった。

今あるのは、怯えだけだった。

ボブたちを一蹴したモンスター相手に、職業《ジョブ》のないグスカスが……いったい、何ができるというのか？

……何もできない。ただ、自分は食われるだけ。

「嫌だ……嫌だ嫌だ死にたくない……死にたくない……」

立ち向かうこともせず、ただうずくまり、ひたすらにビクビクと怯えることしかできない。

……しかし、その一方で、ボブは立ち上がる。

グスカスの前に立ち、ファイティングポーズの構えを取る。

「まだだ……自分は……守る。たとえ……相手が誰であろうと、力なき人のために戦う……！」

満身創痍の身であっても、ボブの闘志は潰えていない。

燃える瞳で、ボブは阿修羅蟹をまっすぐ見やる。

「自分に与えられた力は……そういう人たちを守るためのものだ！　だから自分は逃げない！」

「ＧＵＲＯＯＯＯＯＯＯＯＯＯＯＯＯＯＯＯＯＯ！！！」

阿修羅蟹の六本の腕が、ボブに殺到しようとした……そのときだ。

「よく言った、少年」

ザシュッ……！

突如として、六本あったその腕が、一瞬にして切断されたのだ。

「あなたは！」とボブは、期待に満ち満ちた目を。

「てめえは！」とグスカスは、怨嗟《えんさ》に満ちた目を。

「師匠！」「ジューダス！」

魔剣を片手に現れた、英雄の姿に……向けるのだった。

25話　英雄、ボスと戦う

俺は、ネログーマ近海に出現した、海底ダンジョンまでやってきた。

「GUROOOOOOOOOOOOOOOOO！」

見上げるほど巨大な蟹……阿修羅蟹が叫んでいる。

懐かしい相手だ。前に倒したことがある。油断はできないが、恐れるほどではない。

「とりあえず、こいつをどけるか」

俺は魔剣をインベントリに収納。

グッ……と拳を構える。

「おいてめえ！　やめとけ！　ボブの蹴りでも、びくともしなかったんだぞ!?」

グスカスが俺に教えてくれる。固そうな殻をしているからな。

「せやあ！」

俺は拳を固めて、思い切り阿修羅蟹の土手っ腹に一撃を入れる。

ボグッ！

どがぁあああああああああああん！

「なっ!?　バ、バカな……吹っ飛んだだと!?」

「おれたちの攻撃で微動だにしなかった蟹が、蹴られたボールのように飛んでいく！」

阿修羅蟹はすさまじい勢いですっ飛んでいくと、ホールの壁に激突した。

壁に埋まる阿修羅蟹を見て、グスカス達が驚愕で目を見開く。

「【鎧通し《よろいどお》し】ってスキルを使ったんだ。防御を貫通してダメージが入るんだよ」

蟹はしばらく動けなさそうだった。

俺はみんなの元へ行く。

「ジュード師匠……来てくださったんですね……」

「おうよ。大丈夫か、ボブ？」

「ぐす……うぐ……うわぁあああん！」

ボブが俺の腰にしがみついてくる。

「ジュード師匠……自分、怖かったよぉ～……」

ぐすぐすと涙を流すボブ。

そりゃそうだ。まだまだこの子は子供だからな。

「もう安心しな」

【見抜く目】で状態を確認。ボブは比較的軽傷だ。そのほかの冒険者たちにも、重傷者はいない。

俺は手早く、治癒魔法で傷ついた肌を治す。問題はグスカスだろう。

「グスカス。まずは止血するぞ」

「て、てめえ……どうしてここに……？」

目を丸くするグスカスをよそに、俺は来ていたジャケットを脱いで破く。

布きれとなったそれで、グスカスの切断面を縛るのだ。

「気になってボブに連絡したんだ。そしたら迷宮で迷子になってるっていうじゃあないか。だから助けに来たんだよ」

ぎゅっ、ときつく閉めて、出血を止める。

あとは治癒魔法で代謝を促進し、傷の痛みを和らげる。

「俺の治癒じゃこれくらいしかできない。あとはキャスコが来るのを待とう」

「なっ!?　キャスコも来てるのかよ!?」

「ああ。迷宮に残った人たちを救助してる」

【見抜く目】によると、ここにいるのは、ダンジョン探索として集まった冒険者のごく一部だ。

冒険者たちは迷宮内でバラバラになったそうだ。

キャスコはここにいない彼らの元へ向かっている。

ボブが俺を見て、心配そうに言う。

「で、でも……いいんですか？　今日、デートだってうかがってましたけど……」

「なーに言ってるんだ。人命第一だろ？」

「ジュードさん……ぐす……うわぁああああああん！」

ボブは声を張り上げて、大泣きする。

俺はぽんぽんと頭をなでた。

「誰が助けてって言ったんだよ、バカがよぉ……」

グスカスが悪態をつく。

「うんうん、ごめんな余計なことして。でも元気出たみたいで良かったよ」

「な、何勘違いしてんだよ、くそがっ！」

さっきまで切羽詰まっていた表情の二人。

しかし今は少し柔らかくなったみたいだ。

うん、良かった。これなら戦いに集中できる。

「よーし、蟹さんよ。待たせたな」

俺は壁に埋まる、阿修羅蟹の元へゆく。

ちょうど向こうは、壁から剝がれ落ちてきた。

「なんだ、腕戻ってるな。再生能力でもあるのかな？」

六本の腕が生え、じょきじょきとハサミを動かしている。

「ジュード師匠！　そいつ、でかい図体の割に素早いです！　気をつけて！」

「ＧＵＲＯＯＯＯＯＯＯＯＯＯＯＯＯＯＯＯＯＯ！」

蟹が六本のハサミで、俺に斬りかかろうとする。

「よっと」

スパパパパパンッ……！

「「……は？」」

蟹の腕がすべて切断され、鈍い音を立てて地面に落ちる。

「お、おい……ジューダス……てめえ、何したんだよ……？」

グスカスが目をむいている。

「攻撃を回避し、すり抜けざまに腕を切っただけだぞ？　これくらいおまえもできるだろ」

「で、できねえよアホが！」

あら？　おかしいな。

【勇者】の職業《ジョブ》なら、本当にこれくらい普通にできるはずなのだが？

「す、すごい……速すぎて、目で追えなかった……なんてすごいんだ！」

阿修羅蟹の腕がまた再生する。

六本腕を振り回すが、　それをまた俺が切り飛ばす。

「ＧＵＲＯＯＯＯＯＯＯＯＯＯＯＯＯＯＯＯＯＯＯＯＯＯ！！！！」

切ったそばから、また腕が生えてくる。こりゃあ、キリがない。

「一撃で消し飛ばすしかないな」

阿修羅蟹はまた連打を繰り出してくる。

俺は攻撃ではなく、防御に切り替える。

刃の腹で攻撃を流し、相手の物理攻撃をかわす。

「お、おいてめえ！　何ちんたらやってるんだよ！　さっさと細切れにしろやぼけ！」

「いやぁ、硬くてな。ちょっと待ちだ」

「ざっけんな！　腕切り飛ばしたんだからそれくらいできるだろうが！」

グスカスの注文に、残念ながら俺は応えることができない。

「腕を切ってるんじゃあない。あくまで関節を切断してるだけだ」

蟹は何も、全身がガチガチに硬いわけじゃない。それだと動けないからな。

関節の部分は甲羅で守られてない。俺はそこを斬っているだけ。

だがこの蟹は部分的に切断しても倒すことができない。

だから俺は【来る】のを【待つ】。

「ジュード師匠が……ぼ、防戦一方です。だめなのかなぁ……」

ボブが沈んだ声で言う。

「おいおっさん！　てめえさっさとこんなのぶっ殺せよボケが！」

「そうは言ってもなぁ。今はちょっと。よっと」

阿修羅蟹の攻撃を、あるときは避け、あるときは捌く。

端から見れば確かに防戦一方だし、不安にさせてしまうだろう。

「安心しな。すぐ倒してやるから。なぁ、キャスコ」

ドガァアアアアアアアアアン！

天井が破壊され、上空から彼女が降りてくる。

箒にまたがった、銀髪の賢者が、俺たちの前に舞い降りた。

「……お待たせしました、ジュードさん」

彼女が俺の隣に着陸する。

「キャスコ……てめえ……」

ちらっ、とキャスコがグスカスを一瞥し、すぐ俺を見やる。

「……遭難者は全員、待避させました。今はハルちゃんたちが街へ誘導しています」

「さんきゅー。さすが賢者様。頼りになるぜ」

ボブはキャスコを見て、申し訳なさそうにうつむく。

「キャスコさん……ごめんなさい……自分たちのせいで……幸せな時間を邪魔しちゃって……」

「……気にしなくていいんですよ。人の命が何よりも大切です」

キャスコが微笑み、ボブを安心させるように言う。

「ほら、キャスコもこう言ってるし、ほんと全然気にしなくていいからな」

「……あなたは少し自重してください。いっつもトラブルに巻き込まれるんですから」

「いやぁ、こればかりはどうしてもなぁ」

ふふ、と俺たちは笑い合う。

「そんじゃ、賢者様も来たことだし、決めるとするか」

キャスコがうなずき精神を集中させる。

俺は阿修羅蟹に肉薄する。

「な、速い！」「まさかあれは伝説の【高速移動スキル】!?」「すげぇ！　速すぎる！」

スキルで身体強化し、俺は【鎧通し】による打撃を与える。

ズガンッ……！

「またあのデカい蟹がぶっ飛んでいった！」「なんてパワーだ！　やばすぎるぞ！」

阿修羅蟹は俺の拳を受けて大きく後退する。

致命傷にはならないが、これで距離が取れた。

「GUROROROROROOOOOOOOOOOOO！」

一方的になぶられ、阿修羅蟹はぶち切れたのだろう。体をぐっとそらす。

すぐさま俺は、【見抜く目】を発動させた。攻撃動作だと経験で判断したのだ。

案の定、阿修羅蟹は酸の泡を、俺たちめがけて吐き出すようだ。

「そうはさせない。賢者様が魔法の準備を終えるまで、彼女に指一本触れさせないよ」

俺の背後で、キャスコが両手を前に出し、精神を集中させている。

でかい魔法を撃つには、それなりの準備が必要なのだ。

「GUROOOOOOOOOOOOOOOOOO！」

阿修羅蟹の口から、大量の泡が吐き出される。触れたものはすべて溶かすそうだ。

「やらせねえよ」

俺は魔剣を手にスキル【旋回防御《せんかいぼうぎょ》】を発動。

剣をすさまじい速さで回転させる。その風圧で、向かってくる酸の泡を押し返す。

「あんな大量の泡が全部弾かれていくぞ！」

「防御スキルまで備えてるのか！　なんて多芸なんだ！」

冒険者たちが目を輝かせて言う。

「すごい！　やっぱりジュードさんはすごいんだ！　さすが自分の頼れる師匠です！」

「……ちっ！　くそっ！　俺様にもスキルがあれば今頃あれくらいは……！」

グスカスは歯がみして、恨めしそうに俺を見やる。

だが小声で何を言っているのか、わからなかった。

「……ジュードさん、準備ができました！」

キャスコが額に汗をかきながら、俺に向かってうなずく。

「ようし、仕上げだ。やるぞ、キャスコ！」

「……はいっ！」

キャスコは目を閉じて、手を前に突き出す。その瞬間から、周囲の空気が冷えだす。

「さ、さみぃぃい」「魔法を使う前から自然現象に干渉してるだと……!?」

凍てつく空気のなか、氷の精霊のごとく美しいキャスコが、魔法を発動させる。

「……【絶対零度棺《セルシウス・コフィン》】！」

キャスコが強力な氷魔法を放つ。その瞬間、阿修羅蟹の周辺の気温が一気に下がる。

びょぉおおおおおおおお！

氷雪の嵐が、阿修羅蟹の体を一瞬で凍り付けさせた。

巨大な氷の棺に、蟹野郎が閉じ込められたような形だ。

俺は魔剣に魔力を注ぎ、刃が赤く煌めく。

「……さぁ、帰る準備をしましょうか」

キャスコがしゃがみ込み、ボブやグスカスの治療に当たる。

よく見ると、阿修羅蟹は氷のなかで、必死にもがいていた。

「きゃ、キャスコさん！　蟹がまだ生きてます！」

「……落ち着いてボブさん。もう、勝負は終わってますから」

俺は魔剣を振り上げて、思い切り振り下ろした。

ズバァアアアアアアアアアアン！

魔力の乗った斬撃は、蟹めがけてまっすぐ飛んでいく。

それは氷を突き破ろうとする阿修羅蟹を、一刀両断する。

「う、うっそぉ……あの固い甲羅を、切り飛ばしたなんてぇ……」

「キャスコが甲羅を凍らせてくれたからな。もろくなったところを、剣で切ったのよ」

インベントリに魔剣をしまい、ふぅとため息をつく。

「す、すげええ！」「おれたちが束になっても勝てなかった相手を、こうもあっさりと！」

「すげえよ！　ほんと、何者だあんた!?」

冒険者たちが、俺を見て歓声を上げる。

「ただのおっさんですよ。それで、キャスコ。治療はどんな感じ？」

「……ボブさんは完全に治りました。グスカスの腕は……戻りません」

腕は完璧に切断されたからな。さすがの賢者様の魔法でも戻らないか。

「そうか……グスカス、すまん。俺の到着が、遅れたせいで」

俺は彼に頭を下げる。だがグスカスは答えない。

「ありゃ。気絶してる」

「……ジュードさんに命を救ってもらっておいて、礼も言わないなんて」

「まあまあ。……さて、帰ろうか」

ボブは立ち上がって、俺の体を正面からハグする。

「ジュード師匠……本当にありがとう、ございました！」

ボブが笑顔を向けて、俺を見上げる。

「おう、どういたしましてだ」

26話　勇者グスカスは、すべてを失い不幸になる

指導者ジュードと賢者キャスコの協力により、阿修羅蟹は討伐された。

その後ジュードは冒険者たちを連れて、ダンジョンを出た。

キャスコの転移魔法で、全員無事に帰還。

場所はエバシマの街の入り口。

「ジュードさん、みなさん、本当にありがとうございました！」

ボブが深々と、ジュードたちに頭を下げる。

『うむ！　おとーしゃん、よくがんばりましたっ！』

ジュードの隣には、雷獣の姿のタイガがいた。

「タイガもありがとな、協力してくれて」

『おとーしゃんのためだもん！　がんばりますわな！』

えへへ～とタイガが笑う。

「ハルちゃんもありがとう。助かったよ」

「そ、そんな……おらなんて……特に何もしてないです……」

「そんなことないって。タイガと一緒に、キャスコが外に連れてきた冒険者たちを、街まで誘導してくれたからな。本当にありがとう」

俺はハルコに頭を下げる。

彼女は微笑んで首を振った。

「坊や……本当にごめんね……」

今度は、ネログーマの女王である玉藻が頭を下げる。

俺が街へ戻ると、騎士を通して、すぐに彼女に話が伝わった。

その後ここへ、すっ飛んできたのである。

「巻き込むつもりはなかったのに……」

「いいって。俺が勝手に首突っ込んだだけだからさ」

「……ありがとう、心から感謝するわ」

その後ケガ人の確認など、細かな手続きをした後。

「それじゃあ坊や。お姉さんはタイガちゃんを連れてくわね」

タイガは幼女の姿に戻ると、玉藻の元へ駆けつける。

「後は任せなさい。しっかりね」

「おとーしゃん、しっかりね！」

二人の幼女は手を繋いで、王城へと帰っていく。

「ジュード師匠……本当にありがとうございました。自分も、もっと鍛えて、いつかあなたのような、どんなピンチも楽勝で突破できるすごい人になろうと思います！」

「俺はそんなたいそうな人じゃないよ。ボブは鍛えればすぐ強くなれる。自信を持ってな」

「ありがとうございます！　よぉおおおし、がんばります！　では！」

バビュンッ……！　とボブが帰って行く。たぶん修行に向かったのだろう。

「さて……と。グスカス」

「……ちっ」

グスカスはジュードから目をそらす。

「腕、すまなかったな。痛かっただろ？」

「けっ……！　ほんとだよゴミカスが……」

「……【秘薬】を譲ってもらっておいて、なんですか、その態度は？」

キャスコがグスカスをにらみつける。

「ひやく？　キャスちゃん、なぁにそれ」

ハルコが尋ねると、キャスコは説明する。

「……細胞を活性化させ、四肢を新しく生やすことのできる魔法薬です」

「昔錬金術師からもらったんだ。インベントリのなかに入ってて良かったよ」

「す、すごい……そんなものまで持っているなんて、ジュードさんすごいだに！」

まあでも運が良くて良かったよ。誰も傷つくことなくて。

「腕は生えるまで少し時間かかるらしいから、それまで不便かけてごめんな」

「ほんとだよ！　ったく、そもそもおめえがさっさと助けに来ないのが悪ぃんだよ」

キャスコの目が、きゅっとつり上がる。

ハルコもまた、顔を不快にゆがめた。

「面目ねえ」

「ちっ……！　まあ許してやるよ」

グスカスはぷいっ、とそっぽを向いて、歩き出す。

「おーい、グスカス。明日暇か？　なら一緒に飯でも行かねえか？」

「行かねーよバカ！」

ずんずん、とグスカスは進んでいく。

「東側のホテルに泊まっているから、気が向いたら遊びに来いよなー」

「うっせえ！　誰が行くかバーカバーカ！」

グスカスは犬歯を剝いて叫ぶと、ジュードをよそに歩き出すのだった。

☆

「……はぁ～～～～～」

グスカスは人気の少ない裏路地までやってきた。

脇には水路が流れている。

その場にしゃがみ込み、また深々と、安堵の吐息をついた。

「助かった……死ぬかと思った……」

もしもジュードが来なかったら、自分は死んでいただろう。

腕一本で命が助かったというのなら、安いものだ。

しかもその腕も、後で生えるという。

「………ちっ」

ジュードに命を救われたことを、心の片隅では感謝していた。

しかし素直に礼なんて言えなかった。

あの場にはジュード以外の人の目があったからだ。つい強がってしまったのだ。

「……まあ、明日会ったとき、礼でも言ってやるかな」

グスカスは立ち上がり、歩き出す。

「…………」

不思議だった。

あれだけ憎んでいた相手。しかし今日、普通に話せた。

また会いたいとさえ思っている。不思議だ。

おまえのせいだと罵るつもりが、罵倒の言葉が全く出てこなかった。

むしろ、感謝の言葉が、喉元まで出かかっていたのだから。

「……明日会ったらめちゃくちゃに罵ってやるぜ。今まであったことを話しながら、恨み辛みを全部ぶつけてやるぜ」

グスカスはポケットから、迷宮核を取り出す。

「それより金だ。やっと……まとまった金が手に入る……」

ダンジョンから脱出する際、ジュードがグスカスに手渡してきたのだ。

『もともと俺は依頼を受けたわけじゃあないからな。これはおまえのだ』

「……ちっ。ほんと、妙なおっさんだぜ」

……グスカス自身は気づいていなかった。

自分が、笑っていることに。

ジュードを追放してから、彼は一度たりとも、うれしくて心から笑ったことはなかった。

だが今はどうだろう。

実に晴れ晴れとした表情を浮かべているではないか。

金が手に入ることを喜んでいると彼自身は思っているようだが、実は違う。

ジュードと再会できたことがうれしかったのだ。

彼を追放してから今日まで、グスカスはつらい日々を送っていた。

自分を慕う人たちはみな、グスカスに愛想をつかして離れていく。

そんななかで、指導者の彼だけが、昔と変わらず優しく接してくれた。

自分が追い出したジューダスという男だけが、グスカスの擦り切れた心を救ってくれたのだ。

しかし本人はどうして、気分が上向きになれたのか、その理由を知ることができなかった。

……最期の、瞬間まで。

「グスカス様」

背後から誰かが、声をかけてきた。

声の主はよく知っている。

「雫！　なぁおいすげえぞ！　迷宮核を手に入れたんだ！　これでもう！」

……トスッ。

「………………………え？」

一瞬、思考が停止した。

自分の背中に、何かが突き刺さっていた。

「あ……？　え……？　ナイフ……？」

ごついナイフが深々と、グスカスの背中に突き刺さっている。

痛みが、後から遅れて来る。

ごふっ……！　と血を吐いて、グスカスはその場に倒れた。

「な……なんで……？　え……？」

わけがわからなかった。

ナイフを、一体誰が刺したというのか……？

「ぼくですよ」

「し……ずく……？　な……んで……？」

鬼の雫は、這いつくばるグスカスを見下ろす。

その目は冷たく、まるで死にかけたネズミでも見るような目だった。

「最期まで気づかないんだ。ほんと、愚かですね。グズでカス。名前通りです」

雫は背中のナイフをずっ……ずっ……と抜く。

そのたび、激しい痛みが体に走る。

「は……ひっ……！　こ……声が……出ねえ……体が……動かね……え……」

「麻痺毒を塗ってあります。下手に騒がれては困りますからね」

そこでようやく気づいた。

この鬼娘が、自分を殺そうとしていることに。

「どう……してぇ～……」

グスカスは、涙をボロボロとこぼす。

「おまえの……ために……こんなにがんばったのに……。腕を……なくしてまでも……がんばったのは……おまえのためなのに……」

「残念ですけど、ぼく、あなたのこと……これ～～ぽっちも、好きじゃなかったんですよ！」

雫がナイフを、グスカスの左目めがけて突き刺す。

「ひぎっ……！」

麻痺で痛みを全く感じなかった。

だが左目は、完全に潰された。

雫はグスカスに馬乗りになると、体中にナイフを突き刺す。

「ぼくはね！　魔王に家族を殺されたんです！　その敵を討ってくださったのはジュード様！　それなのにおまえは！　追放しやがった！」

ザシュッ！　ザシュッ！　ザシュッ！

「恩人に酷い目に遭わせたおまえのことを、どうして好きになれるっていうんだよ！」

「でも……でもぉ……おまえ……おれのこと好きって……」

「演技だよバ～カ！　てめえのことなんて一ミリたりとも好きじゃねえ！　死ね！　死ね！」

グスカスは……ぼろぼろと涙を流す。

愛する人のために、頑張っていたのに、その愛は、偽物だった。

一方通行だったのだ。自分だけが、好きだったのだ。

体の痛みよりも、心の痛みの方が強かった。

雫は、唯一の心の支えだったのに、グスカスを愛していなかった。

「どう……じでぇ……」

涙と鼻水、そして血だらけになったグスカスは、みっともない声を上げる。

「どうしてだよぉ……。おれは……なんも悪いこと……してないのにぃ～……。どうして、こんなひどい目に、遭わなきゃいけないだよぉ～……」

グスカスは、すべてを失った。

王子としての地位も、勇者としての力も。過去に愛した女も。

そしてたった一つ残った、愛する女と彼女の心すらも。

……全部を、失ったのだ。

「……そんなこともわからないの？」

雫が冷たい目でグスカスを見下ろす。

「すべては、自業自得です」

雫が近づいてくる。

ナイフを両手に持って、グスカスに馬乗りになる。

「あなたは哀れですね。ジューダス・オリオンという素晴らしい指導者から教えを受けたというのに。その教えに耳を貸さず、あまつさえ彼を拒んで追放した。そのツケが巡り巡って自分の身に災いとして降り注いでいるんですよ」

「おれが……ぜんぶ……わるかったのかよ……」

「ええ。すべてはあなたの身勝手な行動が招いた結果です。甘んじて受け入れなさい。……死を」

雫がナイフを持ち上げる。

そして……グスカスの心臓めがけて、振り下ろしたのだった。

27話　英雄、思いを告げて幸せになる

グスカスと別れた後、俺はキャスコ、ハルコとともに、デートの続きをしていた。

時刻は深夜を回っている。

俺たちはゴンドラに乗って、エバシマの街の水路にいた。

「二人とも、ごめんな」

俺は目の前に座る美少女二人に、頭を下げる。

「本当ならクルージングを予約してたのに、俺のせいでキャンセルすることになって」

俺はダンジョン突入までの経緯を思い出す。

クルージングの直前。

グスカスたちの様子が気になった俺は、ボブに通信魔法を入れたのだ。

そこで異常事態を察知した俺は、クルージングを取りやめて、救助へと向かったのである。

「……気にしないでください、ジュードさん」

「そうです！　おらたち大丈夫ですから！」

二人は笑顔で、俺を許してくれた。

ちなみに、二人はダンジョンから戻ったあと、普段着に着がえていた。

「でも……ディナーを楽しみにしててくれたのに」

「……私たちが楽しみにしていたのは、ジュードさんと食事をすることです」

「ジュードさんが一緒にいるだけでいいんです！」

「二人とも、ありがとうな」

俺はもう一度、深く頭を下げる。

許してくれたとはいえ、俺が二人の楽しみを奪ったのは事実なのだ。

「……そんな浮かない顔をしないでください。私たち、わかってますから」

キャスコが俺のほおに手をあてて微笑む。

「わかってるって……何が？」

「……あなたの女になるということが、どういうことかという意味です。ね、ハルちゃん」

「はいっ！　……どういう意味ー？」

キャスコは苦笑すると、席に座り直す。

「……ジュードさんは凄まじくお人好しです。どんな状況下に自分が置かれていても、困っている人を助けに行ってしまう。たとえ大事なデートの最中でも、です」

「す、すまん」

「……責めているのでは決してないのです。助けて欲しいと差し伸べられた手を、ほうっておけない。それは素晴らしいことです。そして、あなたという男《ひと》の魂の形なのです」

「ええっとぉー……キャスちゃん、難しくて何を言いたいのか、おらわかんないよぅ」

キャスコは苦笑すると、ハルコの頭をなでながら言う。

「……ようするに、この人がこういう性格ってことは、もう十二分に私たちは理解してるので、今更気にする必要はない、ということです」

「うん！　おら、わかってますから！　ジュードさんがどういう人かってことは！」

「……そして決して、私たちをないがしろにしていないってことも、十分承知してますよ」

キャスコとハルコは俺を見て微笑む。

「……私たちよりも他の人の命を優先しているのではなく、私たち全員を等しく大切にしている。そうですよね？」

「ああ……もちろんだよ」

俺は二人を見て、とてつもない安心感を覚えた。

この二人は、自分を深く理解してくれている。

受け入れてくれている。そのことが……こんなにもうれしいとは。心地よいとは。

「ジュードさん……」

ハルコが俺に近づいてくる。俺の手を握って、見上げてくる。

「おら……うれしかったです。今日、ダンジョンへ行くってときに、手伝ってと言われたことが」

少し浮かない表情で、ハルコが語る。

「おらはジュードさんやキャスちゃん、タイガちゃんみたいにすごいことできません。だから、ジュードさんたちの足を引っ張ってるんじゃないかって、思ってました。でもね、だからこそ、ジュードさんに頼りにされて、うれしかったんです！　これからも頼ってください！」

ハルコが、明るい笑みを俺に向ける。

「わたしはジュードさんのこと、大大、だぁいすきですから！」

「……私たちのすべてはあなたのものです。すべてをあなたに委ねます。だから、あなたもまた、私たちに遠慮せず、寄りかかってください」

二人の笑顔を見て……俺は覚悟が決まった。

この二人は、俺に全幅の信頼を置いてくれている。

大好きな少女たちが、好きでいてくれるだけでなく……である。

ならば俺も、きちんと、誠意を持って応えないと。

「ハルちゃん。それに……キャスコ」

俺はインベントリから、一つの【箱】を取り出し、蓋を開ける。

「わぁ……！　きれーな指輪！」

それは銀の台座に、宝石が一つ乗っているだけのシンプルな指輪だ。

桜色の宝石、蒼色の宝石の指輪。

それぞれ一組ずつが、台座に収まっている。

「ペアリング。桜色のがハルちゃんので、蒼いのがキャスコの」

俺は二人の目を見て、ハッキリと言った。

「あなたたちのことが好きです。俺と、付き合ってください」

……ちょっとベタすぎただろうか。

けど大事なのは自分の思いを、正確に伝えることだから、これでいいんだ。

二人は目の端に涙を浮かべながら、しっかりとうなずいた。

「「はいっ！」」

二人の返事を聞いて、俺たちは全員、ホッ……と安堵の吐息を漏らす。

「はぁ〜〜〜…………良かったぁ……。ちゃんと言ってもらえてぇ〜」

「……ジュードさんヘタレだからその鈍感さを発揮するのではと、ヒヤヒヤでした」

「鈍感？　いやぁ、そんなことないだろ」

「「…………」」

二人はあきれたような表情で、ため息をつくと、すぐに苦笑する。

「……ジュードさんらしいですね」

「でもでも、そんなとこ、すっごく大好きです！」

うーむ……どうやら俺は人より鈍感らしいな。

「えっと……じゃあ、ハルコ。お手を拝借していいですかい？」

「もちろんです！」

ハルコが嬉々として、左手を差し出してくる。

「ええっと……ただのペアリングだから、右手でいいんだよ？」

「いいえ！　これはもう……結婚指輪も同然だに！」

「気が早いって。二人とも付き合っていくうちに、俺に愛想を尽かせることもあるだろ？」

「「絶対ないから！」」

二人がカッ……！　と目を見開いて、俺を叱りつける。

「ジュードさんひどい！　わたし……本気なのに！」

「……ジュードさんのお嫁さんになるつもりで好きと伝えたはずなのですけど、どうやら本気が伝わってないようですね。悲しいです」

「あ、いや……ごめんって。でも、人生を決めるのは早くないか？」

二人はそろって、首を横に振る。

「おらの人生はジュードさんのお嫁さんになって、たっくさん赤ちゃんを産むことです！」

「……ハルちゃんと同意見です。そして幸せなおじいちゃんとおばあちゃんになるんです♡」

どうやら二人は、結婚まで視野に入れていたらしい。

「……ジュードさんは違うんですか？」

「おらたちじゃ……お嫁さんにふさわしくないかや？」

……どうやら俺は、そうとうに、この二人から好かれていたらしい。

恋人を通り越して、夫として俺を受け入れてくれようとしているようだ。

「ありがとう。気持ちはすごくうれしいよ。けど今すぐここでプロポーズってわけにはいかない。結婚は一生のことだから、俺は二人によく考えて欲しいな」

「おらはジュードさん以外の人と結婚なんてしたくないです……ジュードさんは、おらと結婚したくないのかや？」

「そんなことないよ。けど軽々しく決めていいことでもないと思う。まずはお互いのことをこれから、いっぱいいろんなことしながら、知っていこう。ね？」

二人はすこし不満そうではあったが、納得してくれた。

「……うれしいです。私たちの人生を、きちんと考えてくださって」

「当たり前だよ。大好きな二人のことなんだからさ」

俺は指輪を取り、ハルコに桜色のそれを、キャスコには蒼いそれを。

それぞれはめていく。

ややあって、俺は二人を改めて見て言う。

「ハルコ、キャスコ。改めて……頼りない彼氏だけど、これからよろしく」

二人は晴れやかな表情を浮かべると、こくりとうなずく。

ハルコたちは俺に抱きついてくる。

俺は二人の唇に、順々に、唇を重ねた。

かくして勇者パーティを追放され、辺境で平民として暮らすこととなった俺は、可愛い恋人たちとともに、これからも人生を楽しんでいこうと思うのだった。

おまけ　英雄、上京してきたバイト少女の母親と邂逅する

獣人国ネログーマでの一件を終えた俺は、ホームタウンであるノォーエツの街へと戻ってきた。

それから一週間後の出来事である。

夜。ストレイキャットにて。

「おふろでたよー！　ハルちゃーん！」

俺は娘のタイガとともに、風呂場から、喫茶スペースへとやってきた。

この喫茶店は、俺の自宅を兼ねている。風呂場も併設しているのだ。

喫茶店スペースにはハルコが、窓ぎわに座っていた。

「うん！　そう。えへへっ♡　とってもかっこいい人なんだぁ！　えへへへへっ♡」

イスに腰掛けたハルコが、耳に手を当てて、一人で話している。

「およ？　ハルちゃん、おしゃべりしてる？　だれとー？」

「通信魔法でお話ししてるみたいだな」

「ほう、つーしんまほー？　なんですかそれ」

「遠く離れた相手と会話できる魔法だよ。この世界の人間なら誰でも使えるんだ」

女神様から全人類に共通して、与えられるのが、この通信魔法だ。

「ハルちゃんは、だれとおはなししてるのでしょー?」

「さぁ、誰だろうなぁ」

俺はタイガとともに、ハルコに近づく。

「うん。え? えぇっ!? そ、そんな……は、恥ずかしいよぉ……」

ハルコが急に顔を真っ赤にして、ぶんぶんと首を横に振る。

俺とタイガは正面の席に座って、ハルコを見やる。

「えぇ!? だ、ダメだに! 絶対ダメ! なんでそんな恥ずかしいことすんの!?」

「なんだか、たのしそーにおしゃべりしてますなっ。あたち、相手が誰だか気になります!」

「そうだなぁ。随分と気心が知れた相手としゃべってるみたいだね」

俺はタイガの濡れた頭を、バスタオルで拭きながら、ハルコが会話を終えるのを待つ。

「とにかく! 絶対ダメだからね! 来たらおら、怒るから! いいねっ? お母ちゃん!」

「「お母ちゃん?」」

ふぅ……とハルコが通話を切る。

「ハルちゃん、だれとおしゃべりしてたのー?」

タイガがぴょんっ、とハルコの膝の上に飛び乗る。

「おらのお母ちゃん……えっとその、は、母親だに」

「ほぅ！　ハルちゃんのママでしたかっ！」

ハルコは濡れたタイガの髪の毛を、タオルでわしゃわしゃと拭く。

「お母さんと何話してたんだい？」

「母に、おらに恋人ができたことを報告したら、会わせろって騒ぎ出して」

「おとーしゃん、どーゆーこと？」

「ハルちゃんのママが、俺に会いたいんだってさ」

「ほほぅ……うちのおとーしゃんに会いたいとは。ハルちゃんのママは……お目が高い！」

タイガがうれしそうに、両手を挙げて喜びを表現する。

「おとーしゃん、会いに行こう！」

「そうだなぁ、みんなを連れて、ハルちゃんの家へご挨拶に行かないとなぁ」

大事な娘さんとお付き合いさせていただいてるんだしな。

「でも……おら断りました」

「えー!?　なんでー!?」

タイガが目をまん丸にむいて叫ぶ。

「だ、だって……」

「『だって？』」

「は、は、恥ずかしいよぅ～……」

ハルコが顔を真っ赤にして、くねくねと身をよじる。

「おとーしゃん、ハルちゃんどうして恥ずかしがってるの？」

「ううーむ……わからんな」

女の子の気持ちとやらは、おっさんには難しくてなかなか理解できないものだ。

「……話は聞かせてもらいました」

「キャスちゃん！」

振り返ると、銀髪の美少女キャスコが、二階から下りてきた。

書き物をしていたのか、メガネをかけている。

「キャスコはハルちゃんの気持ち、わかる？」

「……ええ、それはもちろん。痛いほど理解できます」

「さすがキャスちゃん！」

ハルコが立ち上がって、キャスコの体に抱きつく。

「自分の親に恋人を紹介するのって、そんなに恥ずかしいもんかね？」

「……ええ、特に思春期の女の子は、そういうのデリケートなんですよ」

「そういうもんですか？」

「「ええ、そういうものです！」」

「おとーしゃん……おとめごころ、りかいできてないなぁ」

どうやら女子三人の会話に、俺だけがついていけてないようだ。

まあ、こんなおっさんを彼氏として紹介するなんて、恥ずかしくてできないってことなら理解できるんだが……。

「……安心してください、ジュードさん。ハルちゃんはあなたが人に紹介するには恥ずかしい分類の男だからという理由で、言ってるわけではありませんので」

「そうです！　間違えないでください！　ジュードさんは最高の男性だに！」

「そ、そう。ありがとな」

しかし余計に、ハルコが何に羞恥心を感じてるのか、さっぱりわからなくなってしまった。

「……しかしハルちゃん、いずれにしても恋人を家族に紹介しなければ、その先にある結婚はできませんよ？」

「うう～……そうだけどぉ、でもぉ、もう少し心の準備ができてからがいい……」

「うん、じゃあハルちゃんの言うとおりにしようか。まあ明日明後日の急な話じゃないし、ゆっくり行く日取りを考えようね」

「はい！　えへへ♡　ジュードさん……優しいなぁ……♡」

くねくね、とハルコがうれしそうに体をくねらせる。

「……しかしハルちゃん、逆のパターンはどうします？　つまり、ハルちゃんのお母さんが、田舎からここへやってきた場合は？」

「それはないよぅ。だっておらの家、まだ手のかかる小さな兄弟いっぱいいるし、お母ちゃんがこんな遠くまでやってくるなんてことは、絶対ないと思うもん」

☆

それから二日後の、ランチタイム後。

「じゃあ俺、ユリアに昼食届けに行ってくるから、お留守番よろしくねー」

冒険者ギルドマスターである彼女がいる、ギルド会館まで向かう。

その道中のことだ。

「あ？　敵だ」

【索敵スキル】に、反応があった。

街の外に、ちょっと大きめのモンスターの気配を感じる。

【高速移動スキル】を発動。

敵のいる場所へ向かって、走り出す。

「あ、もしもし。ユリア。悪い、少し到着遅れそう。うん、野暮用。ごめんね、すぐ行くから」

俺は通信魔法を切り、現場へと向かう。

「なんだ緑《グリーン》・竜《ドラゴン》かー」

緑の鱗を持ったドラゴンが、街道の上空にいた。

その下を馬車が走っていた。

ドラゴンから逃げようとしているのだろう。

「まだ怪我人いないみたいだし、よかった」

俺はダンッ……！　と飛び上がる。

緑竜のはるか上空へとたどり着く。

「どっせい」

俺は落下しながら、緑竜の脳天に、かかと落としをくらわした。

ズガンッ……！

大きな音とともに、緑竜が凄まじい速さで落下。

ドゴオオオオオオオオオオオオン！

激しい音がした後、緑竜は頭から地面に、深く埋まっていた。

「よっと」

俺は馬車の荷台の上に着地する。

「うるさくしてごめんよ、大丈夫だった？」

「……あ、ああ。あんた、強いんだね」

御者が目を丸くして、俺を見やる。

「いやいや、ただのおっさんっすよ。それよりお客さんは大丈夫か？」

俺は屋根から降りて、御者に言う。

「そ、そうだった！　お客さん、大丈夫かいっ！」

御者が慌てて運転席から降りて、幌荷台の背後に回る。

赤い髪の女性が、仰向けに倒れていた。

「た、たいへんだ！　し、死んでる……！」

「いや、大丈夫だよ。目を回して気絶してるだけみたい」

俺は【見抜く目】で女性の状態を確認。頭にこぶができていたので、治癒の魔法を施す。

「あ、あなたすごいな……」

「どもども」

「う、ううーん……」

ぱちっ、と赤髪の女性が目を覚ます。

きれいな空色の目をしていた。

「大丈夫？」

じっ、とその人は俺を見ると、ニッと笑う。

そして俺を、正面からハグした。

「おっと」

「あんたが助けてくれたんだろう？　ありがとね！」

女性は驚くべき大きさの、胸をしていた。

爆乳の少女ハルコの、倍くらいある。

彼女は俺を抱きしめて、ぐにぐにとその大きな乳房を俺に押し当てる。

「若いのにドラゴン倒しちまうたぁ、たいしたもんだ！」

「いやいや、若くないよ。俺は三十五のおっさんさ」

「へぇ！　三十五！　なんだいあんたアタシと同年代《タメ》かい。若く見えるわねー」

「あらら、同い年かい。あんたすごい若く見えるなぁ」

「やだもぉ！　お世辞言ったってダメだよ！　アタシには素敵なダーリンと、可愛い娘息子たちがたくさんいるんだから！」

バシバシ！　と彼女が俺の背を叩く。

ややあって。

俺は御者さんの厚意で、街まで馬車に乗せてもらうことになった。

「アタシは【ナツミ】ってんだ。あんたは？」

「ジュード。よろしくナツミさん」

「ナツミでいいさ！　ところでジュードはこの先の街の住人かい？」

馬車が向かっているのは、ノォーエッツの街だ。

「そうだよ、しがない個人店を営んでるもんだ」

「ならちょうど良かった！　アタシに街を案内してくれないかい？　娘に会いに来たんだよ」

「ほぉ、娘さん。どこにいるんだ？」

「知らん！」

「知らんのかい」

ナツミがうなずく。

「ああ、ノォーエッツのどっかで働いてるってことは知ってるんだけどねぇ」

「通信魔法で連絡とって、迎えに来てもらうのじゃだめなのか？」

「ダメダメ。それじゃ娘をびっくりさせられないだろう？」

「なるほど……急に言ってサプライズー！　みたいな感じにしたいのね。オッケー案内するよ」

「そうそう！　話が早くて助かるよ！」

ほどなくして、馬車はノォーエッツの街へとたどり着いた。

「ほんと、助けてくださりありがとうございました」

御者は俺に、ペコペコと頭を下げる。

「いやいや、お気になさらず」

「これ、少ないけど受け取ってください。ドラゴンから命を救ってもらっといてこれっぽっちですけど……」

御者さんが俺に、革袋を渡してくる。

「いらないいらない、しまってよ」

ぐいっ、と俺は革袋を押し返す。

「し、しかし緑竜はAランク。それから救ってもらったんだ、ちゃんとした報酬を払わないと」

「気にしなさんな。ただのトカゲを追い払ったくらいで大げさだなぁ」

その後、革袋を商人さんに押し戻し、俺たちはその場を離れた。

「ジュード、あんたすんごくいいやつなんだねぇい。若いのに感心感心！」

バシバシッ！　とナツミが俺の背中を叩く。

「いやいや、もう若くないよ」

「あははっ！　なんだいそりゃ、同い年のアタシをババアって言いたいのかい？　ぶん殴るぞこのやろー！」

ナツミは俺の首の後ろに腕を回し、ヘッドロックをかける。

むぅ……頬にその爆乳が当たる。

パッ、と彼女が腕を放す。

「あ、そうだ。案内する前に冒険者ギルドに寄っていいか？　友達にお昼ご飯を届けに行かないといけないんだ」

「おうよ！　当たり前さ」

ということで、俺たちは冒険者ギルドへと向かった。

「ジュードさんだ！」「こんにちは、ジュードさん！」

冒険者たちが俺に気づくと、みんな挨拶してくる。

「おーっす、みんな。元気～？」

どっ……！　と若い冒険者たちが、俺の元へとやってくる。

「「ジュードさん、この間は訓練付き合ってくれてありがとー！」」

双子の冒険者が、俺にお礼を言ってくる。

彼女たち以外にも、冒険者たちがぞくぞくと、声をかけてくる。

「ジュード兄貴！　昨日は危ないとこ助けてくれてありがとな！」

「この間くれた剣、すっごい良かった！　サンキュー！」

「またスキルのこと教えてよー！」

あっという間に黒山の人だかりができあがる。

「はいはい、みなさん、ジュードさんが困ってるんで、どいてくださいねー」

「「「ギルドマスター！」」」

ギルマスのユリアが、人混みを分けて、俺の元へとやってくる。

「ジュードさん、こんにちは。あいかわらずあなたが来ると一発でわかりますね」

「おっすユリア。なんで？」

「若い子たちがあなたに会いたがって、騒ぎになるからですよ」

苦笑するユリアに、昼ご飯を届ける。

インベントリのなかに入れていたので、冷めてはいなかった。

「あ、そうだ。また魔物倒してきたから、引き取ってくれない？」

俺はインベントリから、緑竜を取り出す。

「『緑竜ぅうううううう!?』」

若い連中が、目を大きくむいて叫ぶ。

「うっそぉ！　Aランクモンスターだ！」

「し、しかもこんなにキレイな死骸……見たことがない！」

わぁわぁ、と大騒ぎする若い子たち。

「またつい人助けですか、あなたも好きですね……」

ユリアが苦笑いする。

「いつも通り寄付で頼む」

「本当にいいのですか？　高く買い取りますよ？」

「いいって、金のために倒してないし。そんじゃなあ」

俺はユリアに手を振って、ギルドを後にする。

「ジュードぉ！」

がしっ！　とナツミが俺の首に、腕を回す。

「あんたマジ有名人なんだなっ！」

「いやはや、そうみたいだなぁ」

にっ！　とナツミは笑うと、がしがしと俺の頭をなでる。

「あんなバケモノ毎回倒してるんだってね、冒険者たちに聞いたよ？　すごいじゃないか！」

「いやいや、あんなのバケモノじゃないさ」

ナツミはますます笑みを深くして、ぎゅっと抱きしめる。

「強くて人望も厚く、それでいて偉ぶらない！　まったくもってすごいやつだなジュードは！」

「いやぁ、照れますなぁ」

俺たちは街を歩く。

ナツミの娘さんを探すが、なかなか見つからない。

「娘さんってどんな子なんだ？」

「ん？　アタシに似ておっぱいがデカい！」

「いや見た目の話じゃなくてだね。けど胸がデカいとなると、うちのバイトの子もなかなかだよ」

「へぇ、どんな子なんだい？」

「とてもいい子さ。笑顔を絶やさず誰にでも優しい。その子にいつも元気もらってるよ」

「はぁん、まるでうちの子みたいじゃあないかい。うちのもいつも笑っててなぁ、家の手伝いも嫌な顔一つせずしてくれてね！」

「……ん？」

「ん……？　あれ？」

☆

「お母ちゃん!?　なんでジュードさんと一緒なの!?」

俺はナツミと一緒に、喫茶店ストレイキャットへと帰ってきた。

出迎えたハルコが、ナツミを見て、開口一番にそう言ったのだ。

「おー！　元気だったか我が娘よ！　お母ちゃんだぞ！」

ナツミが笑顔で、娘《ハルコ》を正面から抱きしめる。

「おとーしゃん……おっぱいとおっぱいが……ぶつかって……おっぱいだ！」

ハルコ親子の乳房を見て、タイガが戦慄していた。

「……これが遺伝の力ですか。凄まじいです」

キャスコも感心したようにつぶやいている。

「お、お母ちゃん……どうしたのかや？　急に来て」

「そんなのあんたのご自慢の彼氏を見に来たに決まってんだろー！」

「や、やだぁ……やめてよぉ……恥ずかしい……」

うりうり、とナツミがハルコの頬を指でつつく。

「ああでも、紹介は無用だよ。もうジュードのことはわかったからね！」

ニカッ、とナツミが俺に笑みを向ける。

「え？　なんで？」

ハルコが目をきょとんとして言う。

「ここに来る途中、お母様があんたの彼氏を見定めてもらった！　その結果、満点！」

うんうん、とナツミがハルコの肩を叩く。

「ハルコ、あんた男に免疫ないから、変な男にだまされてないか心配だったんだ。けどジュードみたいな、最高の人を見つけたんだ、安心したよ」

ナツミがニッと笑う。

彼女は常に笑っていた。けど今は、どこか安堵しているようにも見えた。

「ハルコ、あんたジュードに愛想尽かされないように、がんばるんだよ！」

「が、がんばるって……何を？」

「そりゃ夜の方に決まってんでしょ？　あんた大丈夫？　今日まで経験ゼロなのに、ジュードを満足させられる？」

「ちょっ!?　お母ちゃん！　へ、変なこと言わないで！」

ハルコが顔を真っ赤にして叫ぶ。

「あんた、胸にぶら下げた二つの武器ちゃんと活用してる？　ちゃんと練習しないとだめよ？」

「何の練習だに！　なんのー!?」

☆

「それじゃ二人とも、ばいばーい！」

翌朝。ノォーエツの街の入り口にて。

ナツミは馬車に乗って、故郷へ帰るようだった。

「ジュードぉ！　娘を任せるよぉ！」

荷台から顔をのぞかせ、ナツミが叫ぶ。

「ああ！　任せてくれー！」

ナツミはニッと笑う。馬車は出発し、やがて彼女は見えなくなった。

俺とハルコは、ナツミを見送った後、家に戻る。

「…………」

ハルコは、目元を手で隠していた。

「どうしたの？」

「お母ちゃんが……別れ際に幸せになるんだよって、言ってくれて、うれしくて……」

目の端から涙がこぼれている。

俺は立ち止まって、彼女を抱き寄せる。

彼女の涙を指でぬぐって、そしてハルコの唇に、俺の唇を重ねる。

最初、ハルコは目をむいていたが、安堵するように目を閉じると、俺に体を委ねた。

ややあって、俺たちは離れる。

「ハルちゃん、今度はナツミのところへみんなで行こうな」

「はいっ！」

俺はハルコの手を握る。

彼女は俺を見て目を丸くする。そして、花が咲いたみたいに笑う。

俺たちは手を繋いで、我が家を目指す。

そうだ、俺はナツミから、大事な娘の人生を任されたんだ。

倍以上離れた彼氏。親からしたら、そんな男に普通、娘を任せようとはしないだろう。

けれどナツミは任せると言ってくれた。

俺を信頼してくれた、ということだ。

「ハルちゃん、もう絶対に君を泣かせないから、これからも俺のそばにいてください」

ハルコは笑顔で、元気いっぱいにうなずく。

「はいっ！　どうかおらのこと……末長く、よろしくお願いします！」

俺たちは並んで家に帰る。

その先にはキャスコが、タイガとともに俺に帰りを待っていた。

俺たちは二人に手を振って、ゆっくりと家路を歩く。

こんなふうに、マイペースに、これからも人生を歩んでいこう。

のんびりとした時間の流れる、楽しい田舎の街で、元気いっぱいの彼女たちと笑い合いながら。

あとがき ～Preface～

■ご挨拶
お久しぶりです、茨木野です。

皆様に買っていただいたおかげで、こうして二巻を出すことができました。

手に取ってくださった皆様のおかげです、本当にありがとうございます！
■二巻が出るまでの経緯
元々この小説は「小説家になろう」で連載されていたものです。

最初は「アース・スターノベル大賞」に応募するためにプロットを組み、２０１８年の12月に連載をスタートしました。

連載していたものを書籍用に手直しし、一巻の発売が２０１９年の9月でした。

その後10月にアース・スターノベル大賞で「入選」に選んでいただいた後、２０２０年の4月頃から二巻の執筆がスタート。そして出版されて、皆様のお手元に届いている次第であります。
■近況１

今回「アース・スターノベル大賞」の入選に選んでいただきました。

僕のような非才の人間が、まさか小説の賞なんてもらえるなんて思ってもいなかったので、とてもうれしかったです。小説を本格的に書き始めたのが、2015年頃でした。その当時は書籍化して小説家としてデビューできることすら思っておらず、ましてやデビューした後に賞をもらえるなんて思ってもいませんでした。

選考員の皆様に感謝すると同時に、受賞できたのは多くの皆様が「なろう」で呼んでくださったおかげだと思っています。決して自分一人の力で勝ち取った賞ではないと、肝に銘じながら、これからも作家として活動していこうと思います。

■近況2

ジムに通うようになりました。

会社の健康診断で「おまえデブ！」と現実を突きつけられ、会社から「おまえ運動しろマジで……な？」と助言をもらい、このたびスポーツジムへ通うことを決意しました。

もともと僕は小中高とバスケットボール部に入っていたので、学生の間は少し痩せていました。が、大学に入ってから一切運動しなくなり、どんどんと肥えていき今じゃ豚。なるほど、健康診断の言うことは正しかったな……と思いつつ、てめえ見てろよ、ムキムキになって見返してやるからよ！　と意気込みながら、家から車で十五分ほどのジムへ通うことになりました。

ジムに通わずとも、ランニングやウォーキングなどの軽い運動でもいいと言われていたのですが、ちょうどその時期に可愛い女の子がダンベルを何キロ持てますか？　みたいなアニメが放映されているのを見て「俺もジムへ行くかな」と影響されスポーツジム通いを選びました。ちなみにバスケットボールは某ヤンキーがバスケットボールを始める漫画を見たから始めました。影響のされやすさよ。

ジム通いは思いのほか楽しいのですが、いかんせん家から遠いのと、平日は仕事があって、なかなかジムへ行けないのがネックです。仕事を終えて家に帰ると、体が休息を求めてしまい、もう一度ジムへ行く気力が湧かないんですよ。会社から帰る前に寄ればいいじゃんっていう話ではあるのですが、それはまあ……そうだな（目をそらす）。

まだジム通いの効果は出ていませんが、マイペースに運動を続けていこうと思います。

■謝辞
イラスト担当の【teffish】さん、前回から引き続き、可愛いイラストをありがとうございます！

水着のイラスト、最高でした！　エロい！　デカい！　最高！

続いて編集のFさん！　二巻のゴーサインを出してくださり、本当にありがとうございます！

そのほか、アース・スターノベル大賞選考員の皆様をはじめ、校閲者様やデザイナー様、この本に関わってくださったすべての皆様、本当にありがとうございます！

そして何より、一巻から引き続きこの本を手に取ってくださった、読者の皆様！　皆様のおかげでこうしてジュードくんたちの冒険の続きを描くことができました。

本当の本当に、ありがとうございました！
■宣伝
他の出版社からですが、近いうちに、新しい本が出ます。

『不遇職【鑑定士】が実は最強だった～奈落で鍛えた鑑定スキルが、チート化して全てを見切る神眼になった件』

こちらも「小説家になろう」で連載しているものが書籍化する予定です。

コミカライズも決定しています。頑張って良い物に仕上げましたので、お手にとっていただけると幸いです。
■しめの挨拶
それでは紙幅もつきましたので、この辺で失礼いたします。

ではまた！

２０２０年４月某日　茨木野

元英雄は平民として暮らしたい　2
勇者パーティを理不尽に追い出された俺。これを機に田舎で暮らし始めたけど、周りが俺をほっといてくれない

発行 ―――― 2020年7月15日　初版第1刷発行
著者 ―――― 茨木野
イラストレーター ―――― teffish
装丁デザイン ―――― 舘山一大
発行者 ―――― 幕内和博
編集 ―――― 古里 学
発行所 ―――― 株式会社 アース・スター エンターテイメント
〒141-0021　東京都品川区上大崎3-1-1
目黒セントラルスクエア　8F
TEL：03-5795-2871
FAX：03-5795-2872
https://www.es-novel.jp/
印刷・製本 ―――― 中央精版印刷株式会社

ISBN 978-4-8030-1431-0